AF130134

Petra Fischer

... und dann kommt morgen

Roman

Herstellung und Verlag: BoD - Books on Demand, Norderstedt
ISBN 9783734789861

Vorwort der Autorin

Letztendlich liegt es bei jedem selbst, wie viel Wahrheit er in eine Geschichte hineininterpretieren möchte. Fantasie und Realität gehen oftmals Hand in Hand einen gemeinsamen Weg. Wer sich in einem Buch wiederfinden will, dem wird dies auch immer gelingen...

Die gesamte Story sowie die Personen in dieser Geschichte sind frei erfunden. Alle Übereinstimmungen zum realen Leben sind rein zufälliger Natur.
Orts- und Städtenamen dienen lediglich der Orientierung.

Für meine Patenkinder Sheila, Elina,
Ronny und Jan
sowie meine Patenenkelin Zayde!

Kapitel 1

Zufrieden lehne ich mich in meinem Rollstuhl zurück und verschränke die Arme über meinem Kopf. Ich kann es also immer noch! Am liebsten würde ich mir selbst ein "high five" geben, doch stattdessen lächle ich.

Im Hintergrund höre ich die Kirchturmglocken schlagen – *dong dong dong dong ding ding* – zwei Uhr also. Müde reibe ich meine Augen und schaue auf die noch immer geöffneten Chats auf meinem Computer. Drei Damen, eine unterschiedlicher als die andere, und doch haben sie alle eine entscheidende Gemeinsamkeit: Sie alle drei sind meinem Charme erlegen.

Obwohl…, nein, so ganz stimmt das eigentlich auch nicht, denn wenn ich jetzt darüber nachdenke, tue ich nichts anderes, als ich selbst zu sein. Virtuell ist das auch viel einfacher als im realen Leben. Ich höre beziehungsweise lese genau zu und instinktiv weiß ich, was die richtige Antwort oder der richtige Kommentar ist. Es ist wirklich nicht so, dass ich lüge oder eine dicke Schleimspur hinterlasse. Nein, es scheint alles real und ich kann mich um jede einzelne der drei Ladys so kümmern, als wäre sie die Einzige. Mein "Vergehen" dabei ist, dass keine so wirklich von der anderen weiß. Ob das fair ist, weiß ich nicht, aber ich hege ein reines Gewissen, denn ich verspreche rein gar nichts. Auch bin ich bisher meinen Prinzipien immer treu geblieben: NUR schreiben, KEINE Anrufe, Briefe, Handymitteilungen oder Treffen.

Ich klicke das erste Chatfenster von Soda zu.

Soda ist toll, ein wahrer Sonnenschein. Stets optimistisch und beruflich sehr engagiert. Sie arbeitet in einem Kinderheim und ich als ehemaliges Heimkind weiß, dass nur wenige Erwachsene an so einem Ort Liebe und Geborgenheit vermitteln können. Bei Soda hege ich keinen Zweifel, dass sie das kann und auch tut, denn oftmals hat sie mir von ihrer Arbeit berichtet. Mit Soda ist es egal, ob wir übers Wetter schreiben, über Vergangenheit oder Träume, es ist immer ein Erlebnis und ich bin jedes Mal sehr darüber erfreut, wenn ich sie online sehe. Oft ist es allerdings so, dass wir wochenlang nicht zur selben Zeit am Rechner sitzen. Umso schöner ist es dann, wenigstens eine Mail von ihr lesen zu können. Mal sind es nur kurze Sätze, mal ein kleiner Roman und doch freut mich beides gleichermaßen.

Ich klicke auf das kleine x des nächsten Chatfensters.

Ivy, verheiratet, zwei Kinder und mit allem unzufrieden, vor allem mit sich selbst. Was ich bei dieser Frau schon an Aufbauarbeit geleistet habe! Damit mache ich sicher einigen Psychoklempnern Konkurrenz. Und doch werde ich mir nie verzeihen, dass ich im entscheidenden Moment nicht für sie da gewesen bin. Im Grunde weiß ich, es war nicht meine Schuld, trotzdem quält mich mein Gewissen.

Es ist jetzt circa zwei Jahre her, als ich meinen Motorradunfall hatte. Ich lag damals drei Monate im Koma und hatte danach lange mit mir selbst zu tun. Das war die Zeit, in der ich auf nichts Lust hatte und mich in meinem Depressionskokon voller Selbstmitleid vergrub. Durch meine eigene Missgunst mir gegenüber ging ich nur noch selten online und wenn ich dann Ivy dort sah oder eine Nachricht von ihr, ignorierte ich sie einfach, denn ich hatte nicht die Energie sie aufzubauen, wo ich mich doch selbst ganz unten fühlte. Erst viel später erfuhr ich, dass Ivy in dieser Zeit zweimal versucht hatte, sich das Leben zu nehmen. Meinetwegen natürlich nicht, aber ich verachte mich dafür, dass ich ihre Hilfeschreie nicht erkannt hatte und nicht für sie da war, als sie mich am meisten brauchte.

Der Kontakt, den ich jetzt zu ihr habe, ist etwas ganz Besonderes. Natürlich höre ich mir nach wie vor all ihre Probleme an und versuche, ihr mit Rat und Tat zur Seite zu stehen, doch wenn wir mal nicht über Probleme plaudern, wird es oft richtig heiß zwischen uns. Wir verführen uns quasi online, haben virtuellen Sex und tauschen ab und an sogar ein paar sehr intime Fotos von uns aus. Erst heute hat sie mir wieder sehr erotische Bilder von sich zugesandt.

Manchmal habe ich Bedenken wegen ihres Mannes, aber auf der anderen Seite ist er doch selbst schuld, wenn er sie so sehr emotional vernachlässigt, dass sie sich ihre Bedürfnisse woanders befriedigen lässt. Mein Gewissen kann ich in dem Punkt beruhigen, weil es zwischen uns sowieso nur online funkt. Was also spricht dagegen, wenn sie durch mich eine kleine virtuelle Auszeit von ihrem realen Leben bekommt?

Der dritte Chat mit Margret war heute irgendwie anders als sonst. Ich habe noch nie so viele verschiedene Komplimente von einer Frau bekommen wie von ihr heute in dieser doch kurzen Zeit. »*Du hast so schöne Augen. – Du bist hochgradig intelligent. – Dein Körper ist so grrrrrr*« All solche Sachen.

Meine Augen wandern über den Text. »*Dir laufen die hübschen Frauen garantiert scharenweise hinterher.*«

Die Tatsache, dass ich im Rollstuhl sitze, scheint sie immer auszublenden. Manchmal weise ich nicht darauf hin, aber heute schon.

Margrets Antwort kam prompt: »*Meinst du wirklich, es kommt darauf an, ob du laufen kannst oder nicht? Mich würde das nie stören! Leonard, du bist so ein toller aufregender Mann. Nur leider wirst du nie dasselbe in mir sehen wie ich in dir.*«

Mit diesen Worten war sie offline gegangen.

Nun sitze ich da und grüble. Kann es wirklich sein, dass sie tiefe Gefühle für mich hegt? Vielleicht deute ich auch ihre Worte einfach nur falsch. Aber was ist, wenn nicht? Könnte ich mich in sie verlieben?

Gedankenverloren klicke ich auch den dritten Chat zu. Optisch ist sie eigentlich nicht wirklich mein Typ. Doch kann ich mir darüber überhaupt ein Urteil erlauben? Gesehen habe ich bisher ja nur ein Porträtbild von ihr, das ihr Gesicht seitlich zeigt. Ihre Augen, die mir bei Frauen am wichtigsten sind, wirken auf dem Foto so kalt und leer. Aber ich weiß auch, dass ein Bild lügen beziehungsweise trügen kann, egal in welche Richtung.

Ich mag es, mit ihr zu chatten, das auf jeden Fall. Nur reicht das?

Verwundert über meine eigenen Gedanken schalte ich meinen Computer aus. Heute lassen sich sowieso keine Antworten mehr finden.

Die Müdigkeit übermannt mich. Jetzt schlafen, alles andere kommt morgen…

Kapitel 2

Ich atme tief die salzige kühle Meeresluft ein. Die Gedanken in meinem Kopf schwirren noch immer wild durcheinander. Das einzige, was ich wollte, war nett mit ein paar Leuten aus meiner alten Heimat zu chatten. Fragen, wie es in Deutschland jetzt so ist und somit eine kleine gedankliche Zeitreise durch meine Erinnerungen unternehmen. Meine Wurzeln sind und bleiben in Deutschland, auch wenn ich jetzt schon seit fast siebzehn Jahren hier in Sacramento lebe. Ich liebe mein Leben hier, den Strand, die Leute, meine Arbeit, aber manchmal vermisse ich doch mein früheres Leben.

Und was ist aus diesen harmlosen Unterhaltungen geworden? Heute stimmen sie mich traurig. Nein, traurig ist nicht das richtige Wort. Wütend trifft es eher. Gerade habe ich noch mit Margret nett geschrieben und im nächsten Moment flippt sie völlig aus. Unterstellt mir eine Affäre mit so ziemlich jedem weiblichen Wesen auf dieser Welt, und dass ich nicht ehrlich zu ihr bin. Und warum das Ganze? Weil ich meinen Prinzipien treu bleibe und nicht mit ihr telefonieren möchte. Sobald etwas nicht so läuft, wie sie es will, tickt sie aus. Nur: Muss es denn immer nach ihr gehen? Ich meine, selbst wenn ich mit jeder Frau etwas hätte, wäre das doch meine verdammte Sache. Bin ich ihr eine Erklärung schuldig? Nein! Trotzdem versuche ich immer, mich zu rechtfertigen. Und entgegengekommen bin ich ihr doch schließlich auch, sonst hätte ich ihr doch nie und nimmer, auf Grund ihres Bitten und Flehens, Fotos von mir gesandt, obwohl ich Bilder von mir gar nicht mag. Und hat sie mal welche von sich geschickt? Nein! Nur ein einziges habe ich bisher von ihr gesehen und das ist auch noch unscharf.

Frustriert reibe ich mit meinen Händen über mein Gesicht. Am liebsten würde ich ihr all das mal sagen, was mich ankotzt. Aber ich fühle diese Angst und verstehe nicht wieso. Im Grunde kenne ich Margret doch gar nicht und dieser psychische Terror, den sie mit mir abzieht, macht mir echt zu schaffen. Trotzdem fürchte ich mich davor, ohne sie zu sein. Irgendwie verrückt…

So langsam versinkt die Sonne am Horizont und taucht die ganze Welt um sich herum in ein warmes rotgoldenes Licht. Noch einmal atme ich tief ein, fülle dabei meine Lungen, soweit es geht, mit Sauerstoff und stoße dann die Luft hörbar aus.

Wieder zu Hause schleiche ich um meinen Computer herum. Soll ich einen Blick wagen? Nein, noch nicht, ich werde erst etwas essen, beschließe ich.

Im Kühlschrank finde ich, neben einer schön hergerichteten Käseplatte, auch ein Thunfisch-Sandwich, das meine Hausperle Nancy für mich vorbereitet hat. Behutsam entferne ich die Folie und empfinde tiefe Dankbarkeit für Nancy. Genüsslich beiße ich in mein Sandwich. Es schmeckt wirklich köstlich. Ich esse bewusst langsam und zwinge mich selbst zur inneren Ruhe.

Eine halbe Stunde später schalte ich meinen Rechner ein und starte das Chatprogramm. Margret ist nicht online. Ich klicke sie trotzdem an und lese unseren letzten Chat. Kurz überlege ich und tippe dann: »*Was erwartest du eigentlich von mir?*« Ohne weiter darüber nachzudenken, schicke ich die Nachricht ab.

„Vielleicht war das jetzt ein Fehler!?", ertönt eine Stimme in mir.

Vielleicht war es einer. Möglich. Aber nun kann ich es sowieso nicht mehr ändern.

Ich klicke mich durch meine virtuelle Freundesliste und fühle mich mit einem Schlag furchtbar einsam. Niemand ist da, niemand redet mit mir.

Kapitel 3

Seit fast zwei Monaten war Margret nun nicht mehr online. Jeden Tag hoffe ich auf eine Nachricht von ihr. So langsam beginne ich mir wirklich Sorgen zu machen.

Von Ivy habe ich gerade erfahren, dass sie wieder in einer Klinik ist. Ein erneuter Suizidversuch. Ich bin schockiert und vor allem enttäuscht. Ich verstehe einfach nicht, warum sie sich diesmal nicht vorher an mich gewandt hat. Ja, natürlich, aus der Ferne kann ich ihr nur bedingt helfen, aber wenigstens ihr zuhören und Mut zureden, das hätte ich gekonnt.

Meine Wut wird immer größer und ich schreibe in der Antwortmail meine Gedanken, wie sie mir in den Sinn kommen. Vor absenden der Mail lese ich noch einmal meine Worte und lösche sie schnell wieder. Viel zu hart! Stattdessen schreibe ich: »*Verstehe... DU solltest langsam für DICH erkennen, was du Gutes im Leben hast und alles andere eliminieren! Denkst du wirklich, Selbstmord ist die einzige Lösung? Das finde ich ziemlich feige von dir! Anderen geht es auch schlecht oder schlechter, doch sie kämpfen und wachsen an jeder Hürde. Es ist nicht einfach, das weiß ich, aber jeder kann es, wenn er es selbst will! Du bist nicht glücklich in deiner Ehe? Dann verlass ihn! Was hält dich bei ihm? Sorry, wahrscheinlich bin ich gerade voll hart zu dir... Aber mich macht das traurig und wütend gleichermaßen... Du bist so eine fantastische und hübsche Frau, die es absolut wert ist, geliebt zu werden! Aber wahrscheinlich ist es dir egal, wie andere sich dabei fühlen.*

Was du anderen antust, deinen Kindern zum Beispiel. Klar, sie sind keine Engel und auch schon erwachsen, aber ich finde, sie haben trotzdem ein Recht darauf, eine Mutter zu haben. Oder war das Ganze "nur" ein Hilfeschrei von dir? Ich bin mir fast sicher, dass es so war. Aber was, wenn ihn mal keiner hört?«

Noch immer wütend schalte ich meinen Rechner nach Absenden der Nachricht aus. Waren diese Worte vielleicht auch zu hart? War es wirklich ein kluger Schachzug, jemandem, der gerade einen Suizidversuch hinter sich hat und deshalb in einer Klinik ist, solche Worte zu senden?

Hastig fahre ich meinen Computer wieder hoch, obwohl mir klar ist, dass ich meine Mail nicht zurückholen kann.

Zu meiner Freude sehe ich bei Soda das Onlinezeichen leuchten. Kurzentschlossen schreibe ich sie an.

»Hi Soda! Wie geht es dir, Kleines?«

»Oh hallo! Bin halt müde. Und bei dir?«

»Auch.«

»Was ist los?«

Ich seufze, ich kann Soda einfach nichts vormachen, sie besitzt eindeutig den sechsten Sinn. Und das ist etwas, was ich wirklich sehr an ihr schätze.

Kurzum berichte ich Soda von Ivy, ihrem Selbstmordversuch und schicke ihr eine Kopie meiner Mail an Ivy.

Sodas Worte beruhigen mich, denn sie findet, es ist wichtig, auch mal knallhart zu sagen, was man denkt, um vielleicht die betroffene Person so wachzurütteln. Ich bezweifle zwar, dass es in Ivys Fall so ist, aber ich möchte Soda so gerne glauben.

Als ich eine Stunde später meinen Computer wieder ausschalte, geht es mir um vieles besser. Das Gespräch mit Soda hat mir sehr gut getan. Ich frage mich wirklich, warum Soda Single ist. Andererseits fragen sich das ja auch viele bei mir. Vielleicht ist sie nur noch nicht dem Richtigen begegnet, oder aber sie wurde bitterbös enttäuscht. Wer weiß. Vielleicht frage ich sie eines Tages mal ganz nebenbei danach.

Mein Singledasein wird eindeutig durch meine Feigheit bestimmt. Und jetzt habe ich ja die perfekte Ausrede, um mich nicht festlegen zu müssen. Durch den Rollstuhl komme ich weniger raus, meide Menschen, weil ich nicht in deren Abhängigkeit geraten will. Ich arbeite viel und lang und chatte ausschließlich nur mit Leuten, die auf anderen Kontinenten leben. Dazu kommt, dass ich mich viel lieber in der virtuellen Welt aufhalte als in der Realität.

Als ich noch laufen konnte, bin ich im wahrsten Sinne des Wortes immer sofort geflüchtet, sobald es auch nur den Anschein hatte, tiefgründiger zu werden. Einmal habe ich geliebt und diese Frau hat mein Herz mitgenommen, als sie mich verlassen hat. So leiden will ich einfach nie wieder. Und wer verliebt sich schon ernsthaft in einen Krüppel im Rollstuhl? Sicherlich die wenigsten! Entweder verlieben sie sich aus Mitleid oder wollen nur finanziellen Nutzen aus einer Beziehung mit mir schlagen.

Verächtlich schnaube ich aus. Zu viele haben mir schon versichert, dass nicht der Rollstuhl zählt, sondern einzig und allein der Charakter. Nur: Soll ich das wirklich glauben? Für eine Freundschaft mag das sicherlich stimmen. Aber für eine Beziehung? Nein, ich würde mich immer als das schwächere Glied fühlen, dabei bin ich der Mann. Das heißt, ich müsste doch eigentlich die Frau beschützen und nicht sie mich schieben.

Ich hasse diesen Rollstuhl und ich hasse meinen Zustand! Okay, wenn ich ganz ehrlich bin, auch wenn ich noch laufen könnte, wäre ich trotzdem noch immer Single. Das hat wirklich nichts mit dem Rollstuhl zu tun. Aber nichtsdestotrotz hasse ich ihn, denn er nimmt mir die Möglichkeit, jemals wieder ein normales Leben zu führen. Was nutzt mir mein Geld, wenn ich eigentlich mein Leben nicht lebenswert finde?

Erschöpft reibe ich über meine Stirn. Ich mag mir keine Gedanken über mein Dasein machen. Es nutzt ja sowieso nichts. Wie heißt es in allen schlauen Ratgebern so schön: Schaue nach vorn – bla bla bla, mach das Beste daraus – bla bla bla, gib die Hoffnung nie auf – bla bla bla. Ich wette, von den Autoren war sicher noch nie einer in einer wirklich hoffnungslosen Situation. Und wenn doch, haben sie sich dann bestimmt nicht an ihre eigenen Ratschläge erinnert oder sie angewendet.

Kapitel 4

»*Nichts!*«

Ungläubig starre ich auf Margrets Antwort. Fast drei Monate habe ich nichts von ihr gelesen und dann fertigt sie mich tatsächlich mit nur einem Wort ab?

»*Na, dann ist ja gut!*« Wütend schicke ich meine Antwort ab.

Das *Plöp* ihrer Antwort lässt mich zusammenzucken. Wie kann sie mir antworten ohne online zu sein? Erst da bemerke ich, dass sie mich aus ihrer Freundschaftsliste entfernt hat.

»*Du hast mich gekickt?!*«

»*Leonard, nicht dich. ALLE. Eigentlich wollte ich mich hier löschen, aber das ging nicht. Was soll das alles noch bringen? Du hältst an deinen blöden Prinzipien fest und ich muss mich dem schön beugen und akzeptieren. Mir tut es weh, dass ich nur eine von vielen für dich bin.*«

WAS? Ich komme mir vor wie im falschen Film. Hinter meinen Schläfen fängt es heftig an zu pochen und ich muss mich zur langsameren Atmung zwingen, um nicht vor Panik zu hyperventilieren.

»*Was heißt hier eine von vielen? Hä? Ich versteh grad gar nix mehr!*«

»*Meinst du, ich weiß nicht, dass du hier jeder Frau den Kopf verdrehst?*«

»*Das tu ich doch gar nicht! Ich schreibe nett mit ein paar Mädels (aber auch Männern!). Und das war's! Nicht mehr und nicht weniger! Außerdem, was bedeutet: Es tut dir weh? Wer schreibt mir ständig: „Ich habe da im Eiscafé* mit so nem gutaussehenden Typen geflirtet." oder „Ich habe mich mit dem und dem getroffen?" Oder was war das mit Gregor? Und was ist mit deinem Online-Profil? Gerade wenig Typen tummeln sind da auch nicht. Sag mal, willst du mich verarschen?«

Meine Hände sind schweißnass und ich spüre den Herzschlag in meiner Brust. Durch meine Adern fließt pures Adrenalin. So wach habe ich mich, glaube ich, noch nie gefühlt.

»Ja nee, ist klar, du schreibst nur mit denen nett… Das mit Gregor scheint dich ja immer noch ganz schön zu beschäftigen? Ich bin ein paar Mal mit ihm ausgegangen, er hat mir ein Auto geschenkt und als er dann mehr wollte, habe ich ihm zu verstehen gegeben, dass das so nicht läuft. Eifersüchtig?«

»Nun ja, begeistert war ich nicht…«

»Hmmm, vielleicht hätte ich ihm doch eine Chance geben sollen…«

»Und wieso hast du nicht?«

»Weil für mich, im Gegensatz zu dir, Sex und Liebe zusammengehören!«

Frustriert klicke ich mich durch meine virtuelle Freundesliste. Da kommt mir die zündende Idee: Sue! Sue *kenne* ich von allen hier im Chat am längsten, sicher weiß sie einen Rat für mich. Kurzentschlossen schreibe ich sie an.

»Hey Sue! Schön, dich hier mal wieder zu sehen! Wie geht es dir? Kann ich dich mal was fragen?«

»Hi Leo! Na, du gehst aber ran heute… Gut geht's mir. Und selbst? Was gibt's denn? PS: DU kannst mich immer alles fragen *zwinker*«

»Ajo, mir auch. Sag mal, du kennst doch Margret persönlich. Ich werde momentan echt nicht schlau aus ihr. Die Sache ist die, erst ist sie nett wie immer und dann urplötzlich zickt sie total rum. In einem Chat sagt sie, ich soll mir ein nettes Mädchen suchen und glücklich werden. Und dann ein paar Sekunden später unterstellt sie mir Affären mit fast jeder Frau. Dann sagt sie, sie würde alles für mich aufgeben und nun löscht sie mich völlig unerwartet aus ihrer Freundschaftsliste. Ich komme mit diesem ewigen Hin und Her einfach nicht mehr klar. Kannst du mir sagen, was für ein Film da gerade läuft? PS: Gut zu wissen *zwinker*«

»Seid ihr denn zusammen?«

»Was? Nein! Wir haben uns doch noch nie getroffen.«

»Und wieso regt sie sich dann darüber auf, wenn du ne andere hast?«

Innerlich stöhne ich auf.

»Aber ich habe doch noch nicht mal eine andere! Ich glaube, Margret würde am liebsten haben, dass ich mit keiner Frau Kontakt mehr habe. Nur andererseits versucht sie ständig, mich eifersüchtig zu machen und stellt sich danach wie ne keusche Jungfrau dar.«

»Oh... Das nimmst du ihr aber nicht ab, oder?«

»Keine Ahnung... Auf der einen Seite flirten die Typen sie an, wie sie immer schreibt, und dann hat sie mit keinem was? Ich meine, sie ist seit zehn Jahren oder so Single. So lange hält es doch niemand ohne Sex aus, oder? Einer soll ihr wohl sogar mal ein Auto geschenkt haben. Und das macht der ohne Hintergedanken oder Gegenleistung?«

»Pah, dass ich nicht lache. Also, ich glaub ja eher, sie macht die Typen an. Und von wegen jahrelang ohne Sex! Was ist mit ihren ganzen Bratkartoffelaffären?«

»Bitte mit was?«

»Bratkartoffelaffären. Margret hat ihre Liebschaften immer so genannt. Sie hat sich immer Kerle gesucht, meist verheiratete Männer, von denen sie sich dann hat aushalten lassen. Teure Geschenke, zum Essen ausführen und so. Weiß sie eigentlich, dass du nicht gerade arm bist?«

»Was? Nein, keine Ahnung, vielleicht... Sue, stimmt das auch wirklich?«

»Warum sollte ich dich belügen? So hat sie es mir jedenfalls immer gesagt.«

»Aber warum sagt sie mir das immer anders? Ich meine, ich habe ihr schon oft geschrieben, dass ich durchaus nichts Verwerfliches daran finde, Sex aus Spaß zu haben.«

»Tja, so ist die liebe Margret nun mal. Immer auf ihren eigenen Vorteil aus und immer legt sie sich die Wahrheit so zurecht, wie sie sie braucht. Sie hatte ja damals nicht mal Halt vor meinem Mann gemacht und war ziemlich entsetzt, als er ihr einen Korb gegeben hatte. Hast du eigentlich mal ein Bild von ihr gesehen?«

»Was? Sie hat deinen Mann angemacht? Das geht ja gar nicht! Ich traue grad meinen Augen nicht! Schreiben wir wirklich von derselben Person? Ich habe bisher nur ein Porträtfoto von ihr gesehen. Wieso fragst du?«

»Ja, war echt so! Kannst Ken selbst fragen! Sie täuscht gerne die Leute um sich herum und ich finde es wirklich mies, dass sie dich so behandelt! Och, nur so. Du weißt schon, dass sie ein paar Pfund mehr auf den Rippen hat?«

»Nein, nein, selbstverständlich glaube ich dir! Also, ich persönlich finde das nicht schlimm, zumal ich ja sowieso mit Margret nur eine Online-Freundschaft pflege. Es gibt viele, die etwas mehr haben und trotzdem fantastisch aussehen. Im Endeffekt muss der Charakter stimmen. Jeder hat doch seine Problemzonen. Und verzeih mir, wenn ich das jetzt so offen schreibe: Etwas mehr hast du doch auch. Und dich zum Beispiel finde ich auch sehr attraktiv und dein Mann kann sich wirklich glücklich schätzen, eine so tolle Frau zu haben.«

»Hach, du alter Charmeur! *knutsch dich mal* Willst du trotzdem mal ein Bild von ihr sehen?«

»rrrrr... Ach Sue, warum ist manchmal alles so kompliziert? Hast du denn eins?«

»Ach naja, so kompliziert ist das Ganze eigentlich nicht wirklich. Kick die Alte und vergiss sie. Such dir lieber ein hübsches Mädel und gut ist. Moment, warte, ich suche schon.«

»Sue, OMG!«

»Ich mein ja nur... Aber wer weiß, ob das alles so stimmt oder Margret sich vielleicht doch nur ihre eigene Welt spinnt.«

»Wie meinst du das?«

»Na, vielleicht redet sie sich ja alles schön.«

»???«

»Na, zum Beispiel, wenn sie einen heißen Typen sieht, stellt sie sich vor, wie es wäre, wenn er mit ihr flirtet (was er ja nur in ihrem Kopf tut und nicht real) und diese Fantasie erzählt sie dann weiter, als ob sie wirklich was mit dem hatte. Denn mal im Ernst, wer verschenkt schon einfach so ein Auto? So toll kann doch der Sex gar nicht sein. Und an ihrer "Schönheit" liegt es ganz sicher auch nicht.«

»Doch warum sollte sie das tun?«

Sues letzten Satz ignoriere ich absichtlich.

»Also mein Mann sagt gerade, weil sie von außen und von innen hässlich ist. Ahhhh, da ist ja eins.«

Ich reibe mir über die Augen. Kann Sue wirklich Recht haben? Soll ich mich wirklich in Margret so getäuscht haben? Das P*löp* von Sue`s nächster Nachricht holt mich aus meinen Gedanken. Ungläubig blicke ich auf das angeheftete Foto.

»Und DAS soll Margret sein?«

»Jap, in voller Montur! Das Bild ist circa ein Jahr alt.«

»Oh, okay. Damit habe ich jetzt ehrlich gestanden nicht gerechnet.«

Margret nennt sich zwar gern selbst eine "kleine Wuchtbrumme", aber was ich nun sehe, ist keinesfalls eine Untertreibung und wesentlich mehr, als ich je erwartet habe. Und auch auf diesem Foto wirken Margrets Augen kalt und leer.

»Was wirst du nun tun?«

»Nix… Ich denke, ich werde einfach abwarten, wie sich alles entwickelt. Aber ich bin wirklich froh über deine offenen Worte! Danke, Sue!«

»Hey, Leo, wirklich nichts zu danken! Ich habe auch lange gebraucht, bis ich erkannt habe, was für ein mieses Biest sie ist. Es gibt schließlich gute Gründe, wieso ich mit der keinen Kontakt mehr habe.«

»Ja, klar, wenn sie deinen Mann angemacht hat. Da ist es mehr als verständlich, dass sie nicht mehr zu deinem Freundeskreis zählt.«

»Ach, da war noch so viel mehr. So viele Lügen und so. Aber das möchte ich jetzt nicht alles wieder vorkramen, sonst rege ich mich nur wieder auf.«

»Natürlich! Das ist doch logisch.«

»Leo, versprich mir bitte nur eins: Lass dich von der nicht mehr so fertig machen. Das hast du nicht verdient, dass man dich so behandelt.«

»Keine Sorge, Sue! Bin doch schon groß.«

Der Chat mit Sue hat mich wirklich nachdenklich gestimmt. Meine Gedanken schwirren und der dadurch verursachte Kopfschmerz ist fast unerträglich.

Wo waren jetzt die schlauen Ratgeber? Nur, was sollten die schon raten? Ich werde einfach abwarten müssen, wie sich alles entwickelt.

Kapitel 5

Gelangweilt blicke ich aus dem Fenster. Ich würde jetzt viel lieber in meinem Haus sein. Nur ich, mein Computer und ein paar nette Leute zum Chatten. Aber nein, ich muss hier sitzen, in diesem extrem langweiligen Meeting, mit all den Arschkriechern zusammen, die sich durch ihr Eingeschleime bei mir eine höhere Position erhoffen. Männer, die zu allem Ja und Amen sagen, und Frauen, deren Röcke kürzer sind als mein Gürtel breit, und mit so tiefen Dekolletés, dass man ihnen bis auf den Bauchnabel schauen kann, die sind mir ein wahrer Graus. Mich wundert es wirklich, dass sie nicht regelmäßig auf ihrer eigenen Schleimspur ausrutschen.

Diese bildliche Vorstellung in meinem Kopf lässt mich innerlich grinsen.

Als das Meeting endlich vorbei ist, rufe ich meine Assistentin Martha zu mir und bitte sie, mir ein paar Unterlagen zusammenzustellen, denn ich habe beschlossen, die restliche Arbeit heute zu Hause zu erledigen.

Nach einigen Telefonaten schalte ich genervt meinen Rechner ein. Heute ist mal wieder so ein Tag, an dem nichts so läuft, wie es sollte. Ein Blick auf meine Uhr zeigt mir, dass es kurz nach Mitternacht in Deutschland ist. Gut für mich, denn so wird mich kein Chat von der Arbeit ablenken. Trotzdem lasse ich sicherheitshalber das Chatprogramm zu.

Ein leises Klopfen holt mich aus meinen Gedanken.

„Ich bringe Ihnen Ihren Kaffee, Sir."

Mit einem scheuen Lächeln stellt Candys den dampfenden Kaffee seitlich von mir auf den Schreibtisch. Ich erwidere ihr Lächeln, was sie erröten lässt und schon ist sie auch wieder zur Tür hinausgehuscht.

Candys ist die Tochter meiner Hausperle Nancy, die immer dann für ihre Mutter einspringt, wenn diese nicht zur Arbeit kommen kann. Hach ja, was würde ich nur ohne die beiden tun? Schon seit mehr als sechs Jahren ist Nancy meine treue Angestellte. Ich mag und schätze Nancy wirklich sehr, auch wenn sie manchmal für meine Begriffe etwas zu mütterlich mit mir umgeht, vor allem seit meinem Unfall. Und auch für Candys hege ich tiefe Sympathie, ihre Schüchternheit ist geradezu niedlich.

So konzentriert wie nur möglich arbeite ich meine Unterlagen durch und ertappe mich nur ein einziges Mal dabei, wie meine Gedanken abschweifen wollen, sodass ich noch vor dem Abendessen den mir selbst auferlegten Arbeitssoll erledigt habe.

Zufrieden lehne ich mich in meinem Rollstuhl zurück. Jetzt noch ein paar Mails beantworten und ich kann wirklich mehr als zufrieden mit meiner heutigen Leistung sein.

Nach einem vorzüglichen Abendessen schalte ich meinen Rechner wieder ein und starte, mit einem Glas Rotwein in der Hand, das Chatprogramm.

Niemand ist online...

Enttäuscht blicke ich auf meine Uhr. Dieser scheiß Zeitunterschied.

Und was nun? Jetzt schon ins Bett? Nein, dafür bin ich viel zu aufgedreht. Kino! Ja, Kino wäre mal wieder eine gelungene Abwechslung, ohne viel Konversation ausüben zu müssen. Ich klicke den Organizer auf meinem Desktop an, bis sich mein Adressbuch öffnet. Wer käme denn in Frage?

Andrea? – Nein, danke.

Bea? – Besser nicht. Es wäre sicher nicht so klug sie zu fragen, nachdem ich sie das letzte Mal so unsanft abserviert habe.

Chrissy! – War ja klar, besetzt.

So klicke ich mich Name für Name durch mein Adressbuch, bis zum Ende. Das kann doch nicht sein, so viele Eintragungen und keine passende Kandidatin soll dabei sein? Ich beginne von vorn.

Erin?!

Nach dem zweiten Klingeln vernehme ich Erins liebliche Stimme und sie scheint sogar erfreut zu sein, von mir zu hören.

Wenig später fährt mich mein Chauffeur bei Erins Wohnblock vor und zu meinem großen Erstaunen erwartet sie mich schon, sodass wir direkt los können.

Ich mag spontane Leute, aber eine Frau, die nicht Stunden braucht, um sich zum Ausgehen fertig zu machen, mag ich nicht nur, sondern bewundere ich zutiefst. Vor allem, wenn das Resultat so appetitlich aussieht.

Schwarze enge Jeans, die Erin schmeichelnd auf der Hüfte sitzen, dazu eine rote Bluse, deren Knöpfe genau richtig geöffnet sind, um nicht zu viel zu zeigen und doch erahnen zu lassen, was verborgen wird. Die braunen Haare zu einem einfachen Zopf gebunden, wenig Schmuck und ein dezentes Make-up, was ihre natürliche Schönheit hervorhebt.

Staunend beobachte ich Erin, wie sie zu mir in den Wagen steigt, und nicke ihr bewundernd zu. Dass sie dadurch leicht errötet, gefällt mir sehr.

Als wir nach der Spätvorstellung wieder im Wagen sitzen, ist die Luft wie elektrisiert.

„Ich fand den Abend wirklich wunderschön, Erin."

„Ja, ich auch."

Mutig nehme ich Erins Hand, die sie zu meiner Freude nicht zurückzieht und streiche mit meinem Daumen über ihre Fingerknöchel.

„Was ist los?"

„Nichts! Naja, ich frage mich nur, ob du mich noch zu dir bittest."

Mit schüchternen Lächeln blickt sie mich an.

„Soll ich das denn?"

Erin errötet erneut und nickt zaghaft, dabei kaut sie auf ihrer Unterlippe. Mein Herz macht einen Satz. Ohne weiter darüber nachzudenken, beuge ich mich vor und küsse sie sanft. Aus Schüchternheit wird pure Gier und unser Verlangen nach einander immer größer.

Erschöpft und selig streichle ich über Erins Rücken, während sie mit ihrem Kopf auf meiner Brust liegt, vorsichtig an meinen Brusthärchen zupft und gelegentlich an meinem Brustwarzen-Piercing spielt.

Noch vor meinem Wecker schrecke ich aus meinem Traum hoch. Erin liegt noch immer an mich geschmiegt neben mir. Vorsichtig ziehe ich meinen Arm unter ihrem Kopf hervor und hieve mich geschickt in meinen Rollstuhl. Auf dem Weg zum Badezimmer drehe ich mich um und betrachte die schlafende Schönheit in meinem Bett.

Nach einer ausgiebigen Dusche kehre ich in mein Schlafzimmer zurück und kleide mich so leise wie möglich an. Dann fahre ich zur Tür hinaus und schließe diese hinter mir.

Das vertraute Geräusch von klapperndem Geschirr hallt mir entgegen und ich sehe meine Hausperle summend in der Küche hantieren. Automatisch muss ich lächeln.

„Guten Morgen, Nancy!"

Erschrocken dreht sich Nancy zu mir um und begrüßt mich mit ihrem warmherzigen Lachen.

„Frühstück wie immer, Sir?"

Nickend fahre ich an meinen Platz am Esstisch und breite eine Serviette auf meinem Schoß aus. Wenig später stellt Nancy einen Teller mit Omelett, Toast und Obst vor mich und bringt mir eine Tasse Kaffee.

Wie schon so oft empfinde ich tiefe Dankbarkeit für Nancys Anwesenheit. Dankend lächle ich ihr zu.

Während des Frühstücks überlege ich, ob ich Erin wecken sollte, entscheide mich aber dagegen. Den Schlaf hat sie sich nach letzter Nacht redlich verdient. Ich schreibe eine kurze Nachricht für Erin auf einen Zettel und platziere diesen gut sichtbar auf dem Tisch.

„Mein Gast schläft noch. Bitte kümmern Sie sich nachher gut um sie. Ich fahre jetzt in die Firma."

Nancy wirft mir einen erstaunten Blick zu, fängt sich aber augenblicklich wieder.

„Natürlich, Sir."

Als sie mein Frühstücksgeschirr abräumt, mustert Nancy mich argwöhnisch.

„Sir? Sie wissen schon, dass heute Sonntag ist?"

Ich seufze und lächle Nancy an.

„Ja, Nancy, das weiß ich."

Nervös blicke ich auf meine Uhr.

„Ich bin auch wirklich schon überfällig. Bis heut Abend. Es wird allerdings spät."

Kapitel 6

Gedankenverloren blicke ich mich im großen Vorraum meiner Firma um. Ich sehe die leeren Arbeitsplätze und die schweigenden Telefone. Zum Glück ist heute außer mir niemand hier.

Vor zehn Jahren habe ich diese Firma für Sicherheitstechnik ins Leben gerufen. Sie ist sozusagen mein Baby. Meine ersten Aufträge hatte ich allein an meinem Küchentisch ausgearbeitet, weil ich mir weder Mitarbeiter noch ein Büro leisten konnte. Doch ich hatte Glück mit meiner Geschäftsidee und auch das nötige Durchhaltevermögen. Und so ist aus einem kleinen Geistesblitz eine – MEINE – kleine gewinnbringende Firma geworden, mit ansehnlichen Büroräumen und knapp zwanzig Angestellten.

Schnurstracks nehme ich Kurs auf mein Büro, lasse die Tür aber hinter mir offen. Ich mag geschlossene Räume einfach nicht.

Innerlich stöhne ich, als ich den Stapel Arbeit auf meinem Schreibtisch erblicke. Was genau machen all meine Angestellten, wenn ja doch alles an mir kleben bleibt? Genervt nehme ich mir das erste Dokument vor und arbeite mich durch den Aktenberg. Das Meiste liegt mir nur zur Unterschrift vor, sodass es relativ schnell geht.

Ob Erin noch schläft? Ein Blick auf die Uhr zeigt mir, dass es Zeit für einen Lunch wäre. Mein Magen grummelt zustimmend. Wie von selbst öffne ich die unterste Schublade meines Schreibtisches und hole einen Ordner mit Lieferservice-Prospekten hervor. Hmmm, worauf habe ich denn heute Lust? Pizza! Ja, Pizza geht immer.

Es ist bereits schummrig, als ich nach Hause komme. Im gesamten Haus ist es dunkel. Auf dem Küchentisch entdecke ich einen kleinen Zettel. Langsam falte ich ihn auseinander. Er ist von Erin, wie ich schon vermutet habe.

Hey Leonard!

Danke für den schönen Abend und die noch schönere Nacht. Wenn du dich mal wieder einsam fühlst, du kennst ja meine Nummer.

Kussi
Erin

Wie schön, ich liebe unkomplizierte Frauen. Zufrieden stecke ich den Zettel in meine Hemdtasche und fahre in mein Schlafzimmer. Das Bett ist frisch bezogen und auch sonst hat Nancy dafür gesorgt, dass nichts an meine letzte Liebesnacht erinnert.

Der Gedanke an diese lässt mich lächeln. Ja, ich habe es genossen, habe Erin voll und ganz ausgekostet.

Oh oh, jetzt lieber schnell duschen, bevor sich die Erinnerung an die nackte Erin vertiefen kann.

Glücklich kuschle ich mich in mein Bett. Die Dusche tat wirklich gut, vor allem die Erkenntnis, die mich ganz unerwartet währenddessen traf: Ich habe heute nicht einmal an Margret gedacht und was noch krasser ist, ich habe auch nicht einen einzigen Gedanken an mein virtuelles Leben verschwendet.

Vielleicht gibt es ja doch noch Hoffnung für mich.

Kapitel 7

Mein Wecker holt mich unsanft aus meinem traumerfüllten Schlaf. Schade, ich hätte gern gewusst, wie der Traum geendet hätte.

Ich recke mich und stemme mich in meinen Rollstuhl. Nachdem ich mich angekleidet habe, fahre ich, ohne zu überlegen, in das Zimmer, das mir hier in meinem Haus als Büro und Gästezimmer gleichermaßen dient und schalte gewohnheitsmäßig meinen Computer ein.

Acht ungelesene Nachrichten und eine Freundschaftsanfrage. Kein schlechter Schnitt, wenn man bedenkt, dass ich gerade mal einen Tag nicht online gewesen bin.

Fünf Mitteilungen sind von Soda, die mir von ihren neuesten Bucherrungenschaften berichtet. Die Inhalte hören sich sehr vielversprechend an. Ja, Soda und ich sind, auch was Bücher betrifft, voll auf einer Wellenlänge.

Zwei Nachrichten sind von Ray, der mir das Neueste von seiner aktuellen Liebschaft mitteilen will. So richtig interessiert mich das Ganze nicht wirklich, aber ich tue begeistert. Es tut ja auch leibhaftig nicht weh, Ray den Gefallen zu tun, mich für ihn zu freuen oder wenigstens so zu tun.

Die letzte Mail ist von Ivy, die sich um mich sorgt. Schnell tippe ich einen lieben Gruß und schicke ihr einen virtuellen Kuss.

Die Freundschaftsanfrage lässt mich zusammenzucken. Sie ist von Margret. Irgendwie kann ich es kaum glauben, was ich da lese: »*Neuanfang?!*«

Ernsthaft? Ist das überhaupt möglich? Nachtragend war ich noch nie, trotzdem überkommen mich Zweifel, ob

Margret sich ändern kann. Das ganze Gezicke finde ich mehr als nervig. Auf der anderen Seite fehlt mir das unbeschwerte Schreiben mit ihr sehr.

Ich bestätige die Freundschaftsanfrage mit einem Klick und schreibe Margret eine Nachricht. Dann schalte ich den Rechner aus.

Auf dem Weg ins Wohnzimmer sehe ich Nancy, die wie jeden Morgen gutgelaunt in der Küche rumhantiert und zum Rhythmus der Musik ihre üppigen Hüften schwingt. Zaghaft klopfe ich auf den Tresen, um sie nicht zu erschrecken.

„Guten Morgen, Nancy."

Trotz meiner Bemühungen, zuckt Nancy zusammen. Jedes Mal tut es mir leid, sehen zu müssen, wie meine Hausperle erschrocken zusammenzuckt und sich lachend an die linke Brust fasst. Das letzte, was ich will, ist, ihr einen Herzinfarkt zu bescheren.

Nach einem opulenten Frühstück bringt mich mein Chauffeur in die Firma.

Was liegt heute an? Krampfhaft versuche ich mich zu erinnern. Von Martha lasse ich mich auf den neuesten Stand bringen und fahre dann in mein Büro. Heute ist es hier nicht friedlich. Offenbar ist jeder an diesem Morgen in Eile und kein Telefon scheint ruhig zu stehen.

Ich drehe mich vom Schreibtisch weg und schaue gedankenverloren aus dem Fenster. Wie und wann hatte das alles mit Margret eigentlich begonnen und wie konnte es so weit kommen? Also, definitiv muss das länger als zwei Jahre her sein, denn ich konnte noch laufen. Hach ja, das waren Zeiten. Jeden Tag bin ich am Strand laufen gegangen und ich fühlte mich lebendig und frei. Schnell schiebe ich den Gedanken an diese frühere Zeit beiseite.

Eine meiner ersten Chatbekanntschaften war Sue und über sie lernte ich dann Margret kennen. Sie war eine Freundin von Sue aus dem realen Leben und eines Tages kam sie auf mein Profil. Ob nun aus Neugierde oder Langeweile, ich weiß es gar nicht genau, auf jeden Fall klickte auch ich Margrets Profil an und hinterließ, wie jedes Mal, wenn ich ein Onlineprofil besuche, einen virtuellen Gruß. Ja und so begann es. Aus einem *»Hi, wie geht's?«* wurden harmlose Gespräche übers Wetter, Leben, Vergangenes und Aktuelles. Okay, ich hatte schnell bemerkt, dass ich Margret mit meinem Charme (und auch Aussehen) leicht um den Finger wickeln konnte. Aber das war nie meine Absicht! Vielmehr glaube ich, dass Frauen, die nicht so glücklich sind mit sich und ihrem wirklichen Leben, dazu neigen, Personen oder Situationen zu idealisieren. Und genau aus diesem Grund wurde ich quasi zu ihrem "Held", den sie anhimmelt. Erst war ich der starke Mann für sie, der zuhört und immer genau das Richtige sagt. Nach meinem Unfall erwachte ihr Beschützerinstinkt und sie bewunderte mich noch mehr.

Und dann, was man natürlich auch nicht außer Acht lassen darf, ist die Tatsache des Unnahbaren. Mir ist aufgefallen, dass Frauen grundsätzlich das wollen, was sie nicht haben können. Mit allen ihnen zur Verfügung stehenden Mitteln kämpfen sie dann meist trotzdem darum. Möglicherweise ist es der Reiz am Verbotenen oder es doch zu schaffen. Eva und die Schlange. In meinem Fall geht es dann um einen Anruf, einen Brief oder vielleicht doch sogar ein Treffen.

Wenn ich jetzt so darüber nachdenke, wird bei Margret beides der Fall sein. Sie hat mich scheinbar auf ein hohes Podest gestellt und versucht nun ihren Willen durchzusetzen, was das Festhalten an meinen Prinzipien betrifft. Erst probierte sie es *freundschaftlich*, dann *verführerisch* und als das nicht klappte, *zickig und aggressiv*. Und nun beginnt sie scheinbar wieder mit Schritt eins: Freundschaft… Aber bedeutet das, dass sie zum Schluss wieder zickig wird? Das wäre ja wirklich furchtbar!

Kapitel 8

»Danke, dass du mir noch eine Chance gibst.«

»Hi Margret, ich würde mich freuen, wenn es zwischen uns wieder so unbeschwert wird wie früher. Du bist zeitig wach. Konntest du nicht schlafen?«

»Nein, leider nicht!«

»Warum, was ist los?«

»Nichts, mir geht halt vieles durch den Kopf und mein Auto musste auch in die Werkstatt… Alles Sorgen…«

»Was geht denn in deinem Köpfchen rum? Und was ist mit deinem Wagen?«

»Ach, vieles halt. Auch alltäglicher Müll… Vorne und hinten waren die Radfedern gebrochen, Stoßdämpfer, Kühlwasser usw.«

»Hmmm, dein Sohn wieder? Das hört sich nach teurer Werkstattrechnung an.«

»Naja, mein Sohn war mal wieder sehr frech zu mir… Ja, für mich sind zurzeit selbst fünfzig Euro zu viel.«

»Du solltest ihm wirklich sagen, dass er so nicht mit dir umspringen kann! Fünfzig Euro werden da aber sicher nicht reichen, oder?«

»Lass das mal meine Sorge sein! Ich glaube nicht, dass du dir darüber ein Urteil erlauben kannst, schließlich hast du ja keine Kinder! Werkstatt meint circa vierhundert Euro.«

»Hoppla, ich wollte dir da nicht zu nahe treten. War nur nett gemeint!«

»Natürlich, es ist immer nur nett gemeint von dir.«

»Wieso zickst du eigentlich gleich wieder so rum?«

»Tu ich ja gar nicht! Ach Leonard, es ist momentan alles echt viel. Wenn ich doch nur jemanden kennen würde, der mir mit der Kohle helfen würde.«

Schnell verabschiede ich mich aus dem Chat mit Margret mit der Ausrede, noch arbeiten zu müssen. Plötzlich sind alle Alarmglocken in mir angegangen. Warum weiß ich nicht genau, vielleicht weil mir die Worte von Sue durch den Kopf hallten, dass Margret gern Männer finanziell ausnutzt. Ob sie wirklich erwartet, dass ich ihr das Geld gebe? Ich habe keine Ahnung, dafür aber ein seltsames Bauchgefühl.

Als ich nach einer Stunde meinen Computer wieder einschalte, blinken mir drei neue Nachrichten entgegen. Die erste ist von einem Typen, den ich nicht kenne. Er schreibt, ich solle gefälligst netter mit den Frauen hier umgehen, ansonsten werde ich mein blaues Wunder erleben.

Oh Mann, hat der sie noch alle? Ich schreibe eine Antwortmail und bemerke beim Absenden, dass ich sie nicht abschicken kann. Der Typ hat echt Nerven! Erst greift er mich hier verbal an und dann ist er so feige und setzt mich auf *ignorieren*. Halb belustigt schüttle ich den Kopf und klicke die nächsten Nachrichten an. Beide sind von Frauen, die ich ebenfalls nicht kenne. Die eine hat ein einfaches *»Hi«* hinterlassen, die andere, dass sie mich gern kennenlernen würde.

Ich klicke die Profile beide nacheinander an. Komisch, jedes existiert erst seit ein paar Stunden. Irgendetwas stimmt da nicht. Trotzdem kann ich es mir nicht verkneifen, zurückzuschreiben.

Dann gehe ich offline.

»Wieso machst du dich neuerdings an meine Freundinnen ran?«

Ich lese Margrets Mail und verstehe sie nicht.

»Guten Morgen! Bitte einmal für Dumme: WAS soll ich gemacht haben?«

»Nun stell dich nicht dumm, dafür bist du zu intelligent.«

»Ich habe echt keinen Schimmer, wovon du redest!«

»June! Klingelt es? Du hast sie angeschrieben. Was fällt dir eigentlich ein?«

»Die ist eine Freundin von dir? Woher sollte ich das denn wissen? Andererseits selbst wenn, wäre doch nichts Verwerfliches dabei. Aber nur, um das mal klar zu stellen: SIE hat mich angeschrieben, nicht umgekehrt! Ich habe lediglich höflich geantwortet.«

Mein Bauchgefühl war also richtig gewesen. Jedenfalls bei einer der zwei Damen.

»Das wurde mir ganz anders zugetragen! Aber eigentlich ist das auch egal! Ich mag es nicht, wenn hinter meinem Rücken geschrieben wird! Wenn du Fragen hast, dann frag!«

»Sag mal, hast du sie noch alle? Ich wusste nicht mal, dass du sie kennst. Folglich habe ich null Komma null von dir geschrieben!«

Wütend klicke ich den Chat zu. Das braucht doch echt niemand am frühen Morgen. Bevor ich den Rechner ausschalte, klicke ich das Profil von June an und wünsche ihr noch ein schönes Leben. Dann setze ich diese falsche Schlange auf *ignorieren*.

Oh Mann, bin ich wütend! Langsam zähle ich von zehn rückwärts. Doch es hilft nicht. Es gibt nur zwei Dinge, die mich jetzt wieder runterbringen können. Entweder abartig guter Sex oder Kraftsport. Da Sex ohne Mädel nicht in

Frage kommt, rufe ich meinen Chauffeur, der mich ins Fitnessstudio bringt.

Nach zwei Stunden intensiven Trainings auf der Hantelbank geht es mir besser.

Wieder zu Hause, lasse ich mir von Nancy ein üppiges Frühstück servieren.

„Ist alles in Ordnung, Sir?"

Misstrauisch beäuge ich meine Hausperle und nicke langsam.

„Martha hat zwei Mal angerufen. Sie war sehr aufgebracht, denn sie konnte Sie nicht erreichen. Sie haben wohl heute ein äußerst wichtiges Meeting verpasst."

Fuck, der Termin mit dem Hambert. Vollkommen vergessen. Mist! Verdammt!

Ich greife zum Telefon und rufe meine Assistentin an. Freudig höre ich Marthas Ausführungen zu, dass sie alles unter Kontrolle hat und ich mich nicht sorgen soll. Erleichtert lehne ich mich zurück. Ja, auch Martha ist in meinem Leben ein wahrer Glücksgriff!

Kapitel 9

»Sorry, sorry, sorry… Was muss ich tun, damit du mir endlich verzeihst?«

Seit einer Woche beantworte ich nun schon Margrets Nachrichten nicht und das keineswegs, weil ich mich kindisch verhalte. Vielmehr finde ich die Stimmungsschwankungen von Margret mehr als beängstigend, denn erst schreibt sie, es tut ihr leid. Dann, ein paar Mails später, kann ich sie mal am Arsch lecken. In der nächsten Nachricht tut sie so, als ob nie was gewesen wäre. Zudem folgen Drohungen und sogar Beleidigungen. Und das ganze immer im Wechsel.

Momentan scheint es ihr wieder leid zu tun. Ich werde aus dieser Frau einfach nicht schlau. Aber wenn ich ehrlich bin, habe ich auch keine große Lust mehr auf dieses Theater.

Halbherzig antworte ich ihr beziehungsweise schreibe ein simples »Hallo!«

Genau in diesem Augenblick, als ich auf *absenden* klicke, mache ich innerlich ein Memo an mich selbst: Flippt Margret noch einmal aus, werde ich sie aus meinem Leben streichen. Dies wird definitiv die letzte Chance für sie sein! Verflucht noch mal, ich bin jetzt vierzig Jahre alt und mir gehört verdammt nochmal eine gutgehende Firma, also werde ich mir garantiert von dieser Frau nicht das Leben zur Hölle machen lassen!

»Huhu schöner Mann! Soll ich dir mal was total Tolles erzählen? Ich habe mich mit meiner Freundin ausgesprochen, so wie du es mir geraten hast. Aber es hat mich echt Überwindung gekostet, mich bei ihr zu melden.«

»Das freut mich zu lesen, Margret! Ja, es ist nie leicht, über seinen eigenen Schatten zu springen und seinen inneren Schweinehund zu überwinden. Umso schöner ist es doch, dass du es getan hast und ihr nun wieder Freunde seid!«

»Was heißt hier "über seinen eigenen Schatten springen und den inneren Schweinehund überwinden"? ICH hatte NICHTS falsch gemacht!«

Oh Mann, sie fängt schon wieder an, jedes Wort auf die Goldwaage zu legen. Hört das denn nie auf?

»Ja, okay, wie auch immer. Die Hauptsache ist doch, es ist jetzt alles geklärt zwischen euch. Wie war dein Tag?«

»Ganz gut. Ich habe letzte Nacht von dir geträumt!«

»Oh, ehrlich?«

»Ja! Du hast mich zu dir eingeladen und wir waren beide voll aufgeregt. Wir haben uns gesehen und augenblicklich verliebt.«

»Na, du träumst ja Sachen.«

»Der Traum war sooo schön und dann kam die Scheißrealität beim Aufwachen… Und, was ist mit dir? Hast du auch geträumt?«

»Ich träume eher selten und wenn, ist es meistens nichts Gescheites.«

»Meinst du etwa, für mich ist das Ganze gescheit?«

»Was wäre denn für dich gescheit?«

»Dich nicht so sehr zu vermissen, dich nicht abgöttisch zu lieben und nicht ständig an dich zu denken oder über dich nachzudenken.«

»Ablenken?!«

»Das geht nicht! Dir geht es nicht so?«

»Ich habe genug Ablenkung durch meine Arbeit.«

»Das beantwortet meine Frage nicht!«

Innerlich stöhne ich, denn ich hasse diese Form von Diskussion.

»Was willst du denn wissen?«

»Was DU für mich empfindest und fühlst? Ob da auch bei dir mehr ist? Wie es weitergehen wird?«

Oh Mann, jetzt wird es ernst. Ich schließe die Augen und atme tief ein und aus. Wenn ich jetzt komplett ehrlich zu Margret bin, wird das das sichere Aus für die wenige Freundschaft sein, die noch existiert. Andererseits muss ich auch authentisch bleiben.

»Ich denke, ich empfinde nicht so intensiv wie du… Wenn ich ehrlich bin, es war schon mal mehr gewesen, aber durch dein Gezicke und dein Verhalten in der letzten Zeit, hast du vieles kaputt gemacht und mir auch mehr als einmal sehr wehgetan. Ich kann mit so etwas einfach nicht umgehen… Mir ist klar, dass auch ich meine Schuld an deinen Ausbrüchen trage und ich dich sicherlich auch das ein oder andere Mal verletzt habe, mit meinen Prinzipien und Co., aber ich kann und will da einfach nicht aus meiner Haut. Wie es weitergeht, weiß ich natürlich nicht, denn es fängt ja gerade erst an, wieder einigermaßen normal zwischen uns zu werden. Im Klartext: Ich bin einfach nicht bereit für mehr!«

Ich lese mir die Mail drei Mal durch, bevor ich sie absende. Mein Herz pocht wie wild, aber jetzt ist es endlich raus! Keine falschen Hoffnungen oder sonstiges mehr. Entweder die Online-Freundschaft schafft es oder es soll halt nicht sein.

Gebannt schaue ich auf meinen Monitor, aber es kommt keine Antwort von Margret. Ihr Onlinezeichen ist erloschen. Voller Panik schaue ich in meine virtuelle Freundes-liste. Margret ist immer noch da! Erleichtert atme ich aus, sie ist nur offline gegangen. Für einen Moment hatte ich befürchtet, dass sie tatsächlich sofort aus meinem Leben verschwunden ist.

Kapitel 10

Seit zwei Wochen herrscht nunmehr Funkstille zwischen Margret und mir. Es kommt einfach keine Äußerung von ihr zu meiner letzten Mail. Weder negativ noch positiv. Dieser Zwischenzustand, weder Fisch noch Fleisch zu sein, ist mehr als ätzend für mich.

Entschlossen sende ich ihr ein »Hallo!« und warte. Ich hasse warten! Ich war noch nie ein sehr geduldiger Mensch.

Knapp eine Stunde später holt mich das *Plöp* der eingehenden Nachricht aus meinen Gedanken.

»Ich habe dir nichts zu sagen!«

»Okay, wie du meinst...SCHADE! Ich wünsche dir alles Gute! Bye!«

So fühlt es sich also an, wenn etwas zu Ende ist. Seltsam, ich habe es mir schlimmer vorgestellt. Als Wyk damals ging, hatte sich die Erde unter meinen Füßen geöffnet und ich dachte dieser Sturz würde nie enden, so sehr hatte es mir wehgetan. Wyk... Ich werde sie nie vergessen! Wie auch? Sie war meine ganz große Liebe und in gewisser Hinsicht ist sie es immer noch. Natürlich hat Margret nicht denselben Stellenwert wie Wyk bei mir, trotzdem habe ich ein Gefühl der Leere erwartet. Oder vielleicht bin ich schon durch ihr Verhalten in den letzten Wochen abgestumpft. Ja, das ist wirklich gut möglich!

Hatte sich mein Leben in den letzten Jahren doch eher virtuell ausgerichtet, so hat sich das nun schlagartig geändert. Seit meinem letzten Kontakt mit Margret werde ich jeden Tag von fremden Leuten mit Hetznachrichten bombardiert. Ich habe das Gefühl, sobald ich einen auf *ignorieren* setze, kommen mindestens zwei neue. Zum Glück habe ich meine Arbeit, die mich ablenkt!

»Pfeif deine Leute zurück! Wir sind doch nicht im Kindergarten! grrrrrrrrrrrrr«

»Ich weiß gar nicht, wen du meinst!«

»Nun, tu bloß nicht so unschuldig! Ich rede von deinen Leuten, die sich ständig auf meinem Profil tummeln, deren Bildungsgrad den eines Seesterns nicht übertrifft!«

»Vielleicht solltest du dir überlegen, wem du noch alles das Herz gebrochen hast. Da sind sicher noch einige Blondchen. Wenn man seinen Schwanz nicht in der Hose lassen kann, muss man sich auch nicht wundern!«

Ups, das bestehende Niveau scheint gerade im Keller Höhenangst zu bekommen. Darauf lasse ich mich garantiert nicht ein, obwohl ich schon noch das ein oder andere dazu zu sagen hätte! Meine Wut ist unermesslich groß und ohne weiter darüber nachzudenken setze ich Margret auf *ignorieren*. Nein, niemand hat das Recht so mit mir umzuspringen! Was zu viel ist, ist zu viel!

Gefrustet schalte ich meinen Computer aus. Irgendetwas muss ich mir einfallen lassen. Nur was? Vielleicht wäre ein Urlaub nicht schlecht. Möglicherweise hat ja sogar Erin Zeit und Lust, ihn mit mir zu verbringen. Erin wäre die perfekte Abwechslung, die ich bräuchte, um wirklich auf andere Gedanken zu kommen.

Gesagt, getan. Ich rufe Erin an und buche kurze Zeit später ein nettes kleines Hotelzimmer in Havanna.

Kapitel 11

Erholt und mehr als glücklich komme ich wieder heim. Die Zeit mit Erin in Havanna war einfach gigantisch. Vor allem, weil mit Erin alles geklärt ist. Sie ist kein Mädel, was anhänglich wird, sondern eine wahre Genießerin, die Spaß jeglichen spießigen Verpflichtungen vorzieht. Wer hätte das gedacht?!

Voller schöner Gedenken und Erinnerungen liege ich in meinem Bett. An Schlaf ist nicht zu denken. Was mich morgen wohl erwartet? Nein, damit will ich mich jetzt noch nicht beschäftigen.

Montag Morgen erwache ich voller neuer Lebensenergie. Ja, heute wird ein guter Tag, zwar sicherlich stressig, aber dennoch gut.

Pfeifend komme ich aus der Dusche und fahre nach dem Ankleiden noch immer pfeifend mit meinem Rollstuhl in mein Arbeitszimmer. Auf dem Weg dorthin begrüße ich überschwänglich Nancy, die mich argwöhnisch mustert und mir dann ihr bezauberndstes Lächeln schenkt.

„Guten Morgen, Sir! Frühstück?"

„Gleich, Nancy. Ich muss erst noch etwas erledigen."

Mit diesen Worten setze ich meinen Weg ins Arbeitszimmer fort.

Langsam rolle ich hinter meinen Schreibtisch und schalte den Rechner ein. Mit geschlossenen Augen öffne ich das Chatprogramm. Es macht *plöp plöp plöp,* dann herrscht Stille. Zaghaft blinzle ich. Tatsächlich nur drei Nachrichten. Eine ist von Soda, eine von Ivy und eine von Sue. Allen dreien hatte ich vor meiner Reise nach Havanna eine Mail mit der Info gesendet, dass ich verreise, und dies sind ihre Antworten. Ansonsten ist nicht eine Hetznachricht oder ähnliches da. Erfreut beantworte ich die Mails und klicke dann auf die *Ignorieren*-Liste. Margret ist nicht mehr da…

Ein seltsames beklemmendes Gefühl überkommt mich. Sie hat sich also scheinbar wirklich gelöscht. Wahrscheinlich ist es so am besten. Obwohl ich weiß, dass es so ist, empfinde ich Traurigkeit.

»Hey, da bin ich wieder! Hast du mich schon vermisst?«

Misstrauisch lese ich die Nachricht der mir unbekannten Frau. Ob es Margret ist? – schießt es mir durch den Kopf.

»Ich weiß nicht… Kennen wir uns denn?«

»Na toll, da ist man mal ne Zeit lang nicht online und schon wird Frau vergessen… Ich bin es, Maggy!«

»Also entweder lässt Alzheimer grüßen bei mir oder aber es liegt eine Verwechslung vor!?«

»Oh nein, wie peinlich! Ich sehe gerade, ich habe mich verklickt. Ich wollte jemand ganz anderes anschreiben. Das tut mir leid! Wirklich!«

»*lach* Nicht schlimm, Hauptsache geklärt. Hab noch einen schönen Tag.«

»Tag? Wo bist du denn? Also, bei mir ist es schon dunkel.«

»Ups, vergessen. Ich lebe seit einigen Jahren in Sacramento.«

»Sacramento in Kalifornien? WOW!«

»Ja, genau dort! Es ist wirklich schön hier.«

»Cool! Also ich könnte das nicht, einfach so alles stehen und liegen lassen und weggehen. Was war es bei dir? Liebe oder Job?«

»Ich brauchte was Neues.«

»Okay, ich merke schon, du magst nicht darüber schreiben. Ist aber nicht schlimm. Verrätst du mir trotzdem deinen Namen? Bitte, natürlich!«

»Na, wenn du so nett bittest: Leonard.«

»Freut mich, Leonard! Aber leider muss ich mich nun verabschieden, um wenigstens noch etwas Schlaf zu bekommen. Hab noch nen schönen Tag. Ich hoffe, wir lesen wieder voneinander!?«

»Die Freude war ganz auf meiner Seite, Maggy. Ja, das hoffe ich auch! Sweet dreams!«

Kapitel 12

Kann es wirklich sein, dass es jemand schafft, mir online so den Kopf zu verdrehen? Den ganzen Tag denke ich nur noch an Maggy und nachts träume ich sogar von ihr. Dabei habe ich noch nicht einmal ein Foto von ihr gesehen. Es ist einfach die Chemie, die stimmt. Gleiche Interessen, dieselben Vorlieben und Gedanken. Manchmal ist es fast erschreckend, wie viel diese Frau von mir zu wissen scheint, als ob sie direkt in mein Innerstes, meine Seele blicken könnte.

Es ist das erste Mal, dass ich für jemanden meine gesamten Prinzipien vergessen würde. Ich WILL diese Frau irgendwann kennen lernen, so viel steht fest.

Den Abend habe ich mit Erin verbracht. Nur sie schafft es, mich auf andere Gedanken zu bringen, durch ihre unkomplizierte, manchmal recht naive Art.

Ich ziehe die Decke etwas fester um unsere Körper. Erin schläft schon in meinem Arm. Wie jedes Mal, bevor auch ich mich dem Schlaf hingebe, sende ich eine Art kleines Gebet aus, dass ich möglichst nichts oder wenn, etwas Gutes träume. Seltsamerweise träume ich in der Tat wirklich besser, wenn Erin neben mir liegt. Trotzdem, sicher ist sicher, denn ich möchte ihr nichts über meine Trauminhalte erzählen müssen. Und Erin würde sicher danach fragen, so gut kenne ich sie nun schon.

In jener Nacht träume ich wieder von Maggy. Was genau, weiß ich nicht mehr, aber scheinbar habe ich im

Schlaf geredet, denn Erin mustert mich am nächsten Morgen argwöhnisch.

„Was ist?"

Zärtlich küsse ich Erins Nasenspitze und lächle sie verschlafen an.

„Wer ist denn Maggy?"

Erin grinst mich an. Ich richte mich auf und schaue ihr direkt in die Augen. Schlagartig ist alle Müdigkeit verflogen.

Für einen Moment denke ich daran, mich mit einer Ausrede aus der ganzen Geschichte raus zu winden. Doch warum sollte ich das tun? Ich mache doch nichts Verbotenes! Oder doch? Kurzerhand erzähle ich Erin von Maggy, wie ich sie kennengelernt habe, von unseren Chats und sogar von meinen, für mich unerklärlichen, Gefühlen zu Maggy.

„Und wieso triffst du dich nicht einfach mit ihr und schaust dann, wie sich alles entwickelt?"

Verächtlich schnaube ich aus.

„Als ob das so einfach wäre."

Mit festem Blick sieht mich Erin an. Ihre Stimme ist sanft.

„Doch Leonard, es ist so einfach! Schreibe ihr, dass du sie kennenlernen willst. Wenn sie es auch möchte, wird sie es dir sagen und wenn nicht, dann auch. Aber dann weißt du wenigstens, woran du bei ihr bist. Du hast doch nichts zu verlieren! Schade an der ganzen Sache ist doch nur, dass, wenn es was zwischen euch wird, das mit uns dann endet."

Erins Worte hallen mir durch den Kopf. Womöglich hat sie ja wirklich Recht. Entschlossen schalte ich meinen Rechner ein.

»Hi Maggy!

Ich glaube, das ist das Schwerste, was ich je in meinem Leben in Worte fassen wollte.

Meine Gedanken feiern in letzter Zeit Partys in meinem Kopf und ich kann und will sie nicht mehr ignorieren. Maggy, du bedeutest mir echt viel und das, obwohl wir uns nicht kennen. Ich weiß, es klingt verrückt und mir macht das Ganze eine Heidenangst, vor allem, weil ich nicht weiß, wie es bei dir ist.

Gestern habe ich lange mit einer Freundin geredet, die mir dazu geraten hat, einen Schritt weiter zu gehen. Dies tue ich nun, obwohl ich immer noch skeptisch bin, ob das wirklich so klug ist.

Maggy, ich möchte dich gerne kennenlernen!

Ich hege große Bedenken, ob es das Richtige ist, denn so etwas habe ich noch nie getan. Aber no risk, no fun – oder wie heißt es so schön? Wer weiß, vielleicht ist es ja die große Liebe zwischen uns und dann werden wir auch einen gemeinsamen Weg finden. Blöd wäre es nur, wenn das ganze einseitig wäre, denn Liebeskummer ist mein persönliches NO GO und nichts liegt mir ferner, als einem von uns beiden weh zu tun. Naja, vielleicht merken wir beide auch, dass wir überhaupt nicht zusammen passen und unsere Wege trennen sich als Freunde und/oder als Kerbe im Bettrahmen. Wer weiß das schon? Ich will dir da nichts Falsches versprechen oder vormachen. Alles kann, nichts muss – das muss uns beiden klar sein und das sollten wir uns auch versprechen, damit niemand zum Schluss enttäuscht ist.

Doch bevor wir uns treffen, sollten wir vielleicht erstmal telefonieren. (Ich bitte dich hiermit also ganz offiziell um deine Telefonnummer!) Vielleicht hören wir ja auch unsere

Stimmen und brechen in schallendes Gelächter aus. Doch mein Bauchgefühl sagt mir, dass dem nicht so sein wird.

Mein "Plan" ist folgender:

Wir telefonieren und wenn wir unsere Stimmen sympathisch finden, würde ich dich gerne zu mir einladen. (Selbstverständlich bezahle ich dann den Flug für dich!) Und was danach kommt, das werden wir dann sehen…

Eigentlich hast du ab jetzt das Zepter in der Hand, denn nur du allein kannst entscheiden:

Liest du diese Mail und schickst mir deine Nummer oder magst du womöglich gar nicht mehr tun, als mit mir nett schreiben?!

Egal wofür du dich entscheidest, es wird sich danach eine andere Tür öffnen. Möchtest du nur nett mit mir weiterschreiben, werde ich das natürlich akzeptieren und dich nie mehr auf ein Treffen ansprechen. Schickst du mir aber deine Nummer, ist alles offen.

Ich verspreche dir keine Liebe, aber das Wagnis, es zu riskieren.

Ich warte gespannt auf deine Antwort.

Leonard

PS:

Das Wichtigste habe ich fast vergessen: Wir riskieren beide gleichermaßen. Hier also ein Foto von mir. Selbstverständlich erwarte ich auch ein Foto von dir, auf dem du komplett zu sehen bist! Was sollen wir uns da auch herausreden? Bei einem Treffen wird das Aussehen sowieso real. Vielleicht helfen uns ja auch die Bilder bei einigen Entscheidungen…«

Kapitel 13

Wow, was für ein Hammerfoto!

Ich betrachte mir Maggys Bild und bin mehr als begeistert. Wieso hat sie sich bei diesem Aussehen nicht schon vorher gezeigt? Sicherlich weil sie nicht nur auf ihr Äußeres reduziert werden möchte. Okay, das kann ich gut nachvollziehen, aber wow! Ein absolut göttlicher Körper, mit Kurven genau an den richtigen Stellen, lange schwarze Haare, ein wirklich hübsches Gesicht und leuchtend grüne Augen. Ich bin völlig hin und weg. Diese Frau als gutaussehend zu bezeichnen, wäre eine wahre Sünde. Attraktiv, sexy, sinnlich – ja, diese Beschreibung wird ihr eher gerecht.

Mutig greife ich zum Telefon und wähle Maggys Nummer.

Es klingelt, dann springt der Anrufbeantworter an.

Schade, es ist nur eine automatische Bandansage. Gerne hätte ich schon im Vorfeld Maggys Stimme gehört. Sicher hat sie eine sehr weiche, erotische Stimme. Noch bevor der Piep-Ton erklingt, lege ich auf.

Eine Stunde später versuche ich es noch einmal und wieder springt nur der Anrufbeantworter an. Stöhnend lege ich auch diesmal auf, ohne eine Nachricht zu hinterlassen.

Auch die nächsten zwei Tage erreiche ich nur Maggys Anrufbeantworter, selbst online ist sie nicht mehr gewesen. Es scheint fast, als wolle sie mir absichtlich aus dem Weg gehen. Aber warum? Vielleicht sollte ich doch eine Nachricht auf ihrem Anrufbeantworter hinterlassen. Aber was dann? Nein, ich will nicht auf einen Rückruf warten müssen. Entschlossen drücke ich die Wahlwiederholungstaste an meinem Telefon und lausche dem Läuten. Nach dem dritten Klingeln springt wie gewohnt der Anrufbeantworter an. Soll ich nun doch draufsprechen? Gerade als ich mich entschließe aufzulegen, vernehme ich die Stimme eines abgehetzten Teenagers.

„Hallo?"

„Äh, hi, hier ist Leonard. Ähm, ist Maggy zu Hause?"

„Sorry, meine Mum ist nicht da. Soll ich ihr was ausrichten?"

Mum? Ach ja, das am anderen Ende der Leitung muss wohl Maggys Neffe sein, der bei ihr wohnt. Sie hatte ja gesagt, dass er sie *Mum* nennt.

„Nein, danke, schon gut. Wann kann ich sie denn erreichen?"

„Weiß nicht. Ich denke mal heute Abend. Aber kennen Sie sich mit Mathe aus?"

Die nächste Stunde verbringe ich geduldig damit, Maggys Neffen Dennis seine Mathematikaufgaben zu erklären. Mich freut es, dass er es am Schluss sogar verstanden zu haben scheint. Dann höre ich eine Frauenstimme im Hintergrund und augenblicklich schlägt mein Herz schneller.

Die nächsten Worte von Dennis erreichen mein Hirn nicht mehr, denn mein einziger Gedanke ist: Sie ist da!

„Hallo? Noch dran?"

„Ähm, ja, natürlich! Ist deine Tante jetzt da?"

„Meine was? Ähm, Moment."

Ein Rauschen lässt vermuten, dass Dennis den Hörer zur Seite hält. „Mum? Hier ist ein Typ am Telefon, der will dich sprechen!", höre ich leise. Die Antwort darauf kann ich leider nicht verstehen. Dann ist das Rauschen weg und Dennis` Stimme ist wieder klar und deutlich.

„Sie ist gleich da. Danke fürs Mathehelfen! Ciao!"

Noch bevor ich etwas erwidern kann, ertönt ein krächzendes „Hallo!"

„Maggy?"

Was ist das für eine Stimme? Das kann unmöglich Maggy sein. Oder doch?

„Und wer will das wissen?"

Ich schlucke schwer. „Leonard."

„Oh, hi! Wie schön! Mensch, mit dir habe ich ja gar nicht gerechnet."

Maggy scheint wirklich erstaunt und erfreut gleichermaßen zu sein. Noch immer bin ich irritiert von ihrer Stimme. Die passt so gar nicht zu Maggys Erscheinungsbild.

„Was ist mit deiner Stimme?"

„Meine Stimme? Ach so, verzeih, ich höre mich sicher schrecklich an. Ich bin total erkältet, weißt du?"

Erleichtert entspanne ich mich in meinem Rollstuhl. Ein etwas schlechtes Gewissen meldet sich in mir, dass ich so oberflächlich reagiert habe, was aber nur an meinen hohen Erwartungen gelegen hat. Wenn ein Essen gut riecht und gut aussieht, erwartet man einfach, dass es köstlich schmeckt. Und ist das dann nicht der Fall, ist man eben enttäuscht und man muss versuchen, doch noch das Beste draus zu machen.

Am Ende des Telefonats steht fest, dass Maggy mich tatsächlich besuchen wird.

Kapitel 14

*A*n der Flugtafel erscheint das Wort *gelandet*.

Mein Gott, ich bin so aufgeregt. Nur noch wenige Minuten, dann werde ich Maggy endlich sehen.

Meine Augen suchen nervös die Menschenmengen nach ihr ab. Und dann sehe ich sie! Ich bin völlig machtlos und *muss* sie anstarren. Wie ist das möglich? Träume ich womöglich? Unbewusst umklammern meine Finger die von mir mitgebrachte rote Rose. Die Dornen dringen tief in meine Haut, sodass diese aufreißt und blutet. Doch von all dem merke ich nichts. In einem Comic wären mir jetzt meine Augen als Stielaugen aus meinem Kopf hervorgetreten und meine Kinnlade wäre auf den Boden geklappt, aber das ist kein Film, es ist echt. Mir wird schlagartig übel und ich kann nichts anderes tun, als die Frau anglotzen, die mir soeben gegenübertritt.

„Du!?"

Ich schreie dieses Wort in der Hoffnung, aus diesem Alptraum aufzuwachen. Aber es geschieht einfach nicht. Vor mir steht Margret und lächelt mich an.

„Aber wo ist…"

Mitten im Satz breche ich ab, denn plötzlich fällt es mir wie Schuppen von den Augen. Natürlich konnte Maggy immer genau meine Gedanken wissen, weil ich sie irgendwann mal Margret anvertraut hatte. Rein gar nichts ist echt, es ist alles nur ein Fake.

Ich will weg und das sofort. Ohne weiter darüber nachzudenken, lenke ich meinen Rollstuhl in Richtung Ausgang und lasse Margret stehen.

„Leonard, bitte warte! Lass mich dir doch erklären…"

Abrupt bleibe ich stehen und drehe mich um.

„Was gibt es da zu erklären? Du hast mich nach Strich und Faden verarscht. So viele Lügen. Es waren alles bloß Scheißlügen! Und, hast du dich wenigstens gut amüsiert auf meine Kosten?"

Meine Stimme bebt und die Leute um uns herum starren mich verwundert an. Aber das alles ist mir egal.

„Nein, so war es nicht! Bitte Leonard, du musst mir glauben! Ich wollte dich nie belügen oder dich verarschen. Es ist einfach passiert."

Verächtlich schnaube ich aus und blicke Margret finster an. Wie konnte ich nur so blöd sein?

„So etwas passiert nicht einfach so!"

„Doch wirklich. Ich habe Maggy erschaffen, weil ich einen Neuanfang mit dir wollte. Du solltest mein wahres Ich kennenlernen, wie ich bin, wenn ich nicht zicke oder eifersüchtig bin. Das war alles echt! Das war alles ich! Du glaubst gar nicht, wie sehr ich es mir gewünscht habe, dir nahe zu sein. Und dann kam deine Mail, dass du mich kennenlernen willst, und ich fühlte mich dem Himmel so nah…"

„Ja klar, das warst du. Alles war so echt, dass du mir ein falsches Foto von dir gesendet hast? Dich wollte ich NIE kennenlernen, NIEMALS!"

„Aber doch nur, weil ich wusste, dass du mir sonst nie die Chance geben würdest, dich kennen zu lernen."

Ich sehe Margrets Tränen und fühle nichts außer Verachtung und Hass.

„Alles war so echt, dass du deinen Sohn als deinen Neffen ausgegeben hast und sogar mit deiner Stimme gelogen hast? Von wegen erkältet. ALLES war eine scheiß riesengroße Lüge und du widerst mich wirklich an!"

Mit diesen Worten setze ich meinen Weg Richtung Ausgang fort.

Margret ist natürlich schneller als ich und holt mich nach wenigen Schritten ein.

„Leonard, bitte, gib mir eine Chance! Wo soll ich denn sonst hin?"

„Ganz ehrlich? Das ist mir scheißegal! Sue und Ken hatten Recht, DU bist von innen und von außen hässlich! Und nun verschwinde aus meinem Leben, ich will NIE mehr – hörst du? – NIE mehr, etwas mit dir zu tun haben!"

Ich zerbreche die Rose vor Margrets Augen und lasse sie auf den Boden fallen. Als ich meinen Rollstuhl wieder in Bewegung setze, fahre ich absichtlich über die rote Blüte.

Nicht ein einziges Mal drehe ich mich nach Margret um und es ist mir wirklich egal, was jetzt aus ihr wird. Mein Weg führt mich direkt zu meinem Chauffeur, der vor dem Terminal auf mich wartet. Er springt schnurstracks aus dem Wagen, als er mich erblickt, und öffnet mir die Tür. Scheinbar sieht er mir direkt an, dass etwas nicht stimmt, denn sein Blick ist mitleidig. Doch er sagt oder fragt nichts.

Zu Hause angekommen, nehme ich direkten Kurs auf mein Arbeitszimmer und schalte dort meinen Computer ein. Zum Glück habe ich Maggy Schrägstrich Margret nie meine Adresse oder Telefonnummer mitgeteilt. Oder habe ich vielleicht meine Telefonnummer übertragen, als ich sie angerufen hatte? Oh Mist, bestimmt habe ich das.

Kurzum suche ich mir die Telefonnummer der Telefongesellschaft heraus und beantrage eine Geheimnummer. Es ist mir egal, dass ich solange erstmal kein Festnetztelefon haben werde.

Dann starte ich das Chatprogramm und klicke das Profil von Soda an.

»*Hey Kleines, bitte frag erstmal nicht warum, vielleicht bin ich irgendwann dazu bereit, dir alles zu erzählen. Aus (ich nenne es mal) persönlichen Gründen, werde ich mich hier für immer löschen. Da ich aber gerne mit dir in Kontakt bleiben würde, sende ich dir im Anhang meine private E-Mail-Adresse mit und würde mich freuen, in Zukunft dort etwas von dir lesen zu können. *Ich umarme dich gedanklich* Leonard*«

Denselben Text sende ich auch an Sue und Ivy. Dann lösche ich mein Profil und fühle mich sogleich befreiter.

Was ist das für eine Melodie? Ja klar, mein Handy. Zaghaft ziehe ich es aus meiner Hosentasche. Es ist Erin! Erleichtert atme ich aus und melde mich fröhlich, jedenfalls versuche ich so zu klingen.

„Hi Leonard! Ist alles okay bei dir? Deine Festnetznummer ist nicht mehr verfügbar. Was ist los bei dir?"

„Kannst du herkommen?"

„Ich bin schon unterwegs!"

Nachdem ich Erin die ganze Odyssee mit Margret erzählt habe, ist meine Wut fast gänzlich verflogen. Stattdessen spüre ich Leere und Traurigkeit in mir.

Erins Blick wirkt nachdenklich.

„Und was macht Margret jetzt?"

„Keine Ahnung! Und es ist mir auch verdammt noch mal so was von egal!"

„Aber wie kann dir das egal sein? Sie ist in einem fremden Land, mit fremder Sprache und wahrscheinlich ohne einen Penny in der Tasche."

„Doch, es ist mir egal! Und ehrlich, Erin, wenn du nicht loyal genug bist, musst du gehen!"

Meine Stimme ist erstaunlich ruhig, obwohl ich wirklich aufgebracht bin darüber, dass Erin Mitleid mit Margret hat.

„Ich lasse mir definitiv kein schlechtes Gewissen einreden! Soll sie doch versuchen, das Flugticket zu tauschen oder im Flughafen zu nächtigen. Mit dieser Frau bin ich definitiv fertig! Sie kann froh sein, wenn ich sie nicht anzeige!"

„Hey, entspann dich. Du hast Recht, es war mies, was sie mit dir abgezogen hat. Aber so hart und herzlos kenne ich dich einfach nicht. Nicht, dass du es eines Tages bereuen wirst."

„Das werde ich nicht, keine Sorge!"

Ich ziehe Erin auf meinen Schoß und küsse sie leidenschaftlich. Als sich unsere Lippen trennen, blicke ich tief in Erins wunderschöne blaue Augen. Dann schmiege ich mich an Erins Hals und atme ihren betörenden Duft ein.

„Es ist so schön, dass du hier bist!", murmle ich.

„Ja, zum Glück hat mich Nancy angerufen. Die Ärmste war völlig durcheinander, weil ganz offensichtlich etwas mit dir nicht stimmte. Und als dann dein Festnetz nicht funktionierte, hatte auch ich echte Panik. Aber nun bin ich hier und werde dir helfen zu vergessen."

Mit diesen Worten nimmt sie mein Gesicht in ihre Hände und küsst mich. Nancy war es also, die Erin zu mir gelotst hat. Ich werde mir etwas einfallen lassen, um mich bei ihr erkenntlich zu zeigen. Aber für diese Gedanken ist jetzt kein Platz in meinem Kopf, denn für mich zählen jetzt nur Erin und ihre Hände, die sie auf Wanderschaft geschickt hat.

Kapitel 15

„Sir, ein Brief aus Deutschland wurde gerade für Sie gebracht. Er sieht wichtig aus."

Nancy überreicht mir das Kuvert und ich kann sofort sehen, dass es sich um Post von meinem Vater handelt.

Ich öffne den Umschlag und ziehe die beigefügte Karte heraus. Nancy beobachtet mich dabei ungeduldig. Die Neugierde steht ihr buchstäblich ins Gesicht geschrieben. Schmunzelnd blicke ich sie an, sage jedoch kein Wort. Ich weiß, dass ich sie mit meinem Verhalten fast wahnsinnig mache, doch ich muss zugeben, es macht mir Spaß.

„Sir, ich weiß, es geht mich ja nichts an, aber was schreibt denn Ihr Vater? Er schreibt doch sonst nie, also muss es ja was Wichtiges sein. Geht es ihm gut?"

„Das ist eine Einladung zu einer Hochzeit. Er heiratet wieder."

„Oh..."

Zu mehr ist Nancy nicht fähig und auch mir fehlen die Worte.

Wieder eine Hochzeit. Die wievielte Frau ist es? Die vierte oder fünfte? Ich habe aufgehört mitzuzählen. Interessant wäre ja zu erfahren, wie jung die Auserwählte diesmal ist. Ob sie die zwanzig wohl schon überschritten hat? Obwohl, diesmal scheint es meinem Vater wirklich ernst zu sein, denn es ist die erste Hochzeit von sich, auf die er mich einlädt.

Mein Vater, oder um genau zu sein, mein Adoptivvater, hat seit dem Tod meiner Adoptivmutter immer nur so junge Hühner zwischen achtzehn und maximal fünfundzwanzig gehabt. Ich glaube, er braucht sie, um sich jung zu fühlen. Aber was hat man denn mit so jungen Mädels schon gemein? Weder Lebenserfahrung noch gemeinsame Gesprächsthemen. Wen wundert es also, dass die Mehrheit der Frauen nur des Geldes wegen mit meinem Vater zusammen war? Mich wundert das nicht. Aber was wundert mich überhaupt noch? Ich gönne meinem Vater seinen Lebensstil, den er gewählt hat. Wenn er so glücklich ist, bitte, warum auch nicht. Mir soll es recht sein. Doch diesmal scheint sie etwas Besonderes zu sein, ich würde es ihm wirklich wünschen.

Ohne weiter groß darüber nachzudenken, buche ich einen Flug und ein Hotelzimmer für mich. Dann erstelle ich einen Arbeitsplan, den ich später mit Martha durchgehen werde. Zum Glück weiß ich, dass ich mich auf sie verlassen kann und meine Firma bei ihr in guten Händen ist.

Als ich in München lande, geht die Sonne bereits unter. Tiefe Wolken hängen am Himmel, sodass man das Abendrot nur erahnen kann. Trotzdem ist der Moment magisch für mich: Der Anblick, die Luft – so viele Erinnerungen durchströmen mich.

Im Hotel angekommen, lege ich mich aufs Bett und starre an die Decke. Noch anderthalb Wochen bis zur Hochzeit.

Morgen werde ich erstmals meinen Vater nach fast siebzehn Jahren wiedersehen. Seltsam, ich habe ihn in all den Jahren kaum vermisst, obwohl ich mir manchmal schon ganz gern mehr Kontakt zu ihm gewünscht hätte. Doch wir beide waren zu stolz. Außerdem hatte mein Vater offensichtlich andere Pläne in seinem Leben und ich glaube, er hat es mir nie ganz verziehen, dass ich ihm und meinem

Leben in Deutschland den Rücken gekehrt habe. Natürlich weiß ich, dass ich ihm viel zu verdanken habe, aber im Grunde stand ich doch immer nur im Schatten des großen Staatsanwaltes Benedict Eckerts. Ich musste erst weggehen, um auf eigenen Füßen stehen zu können und mein Leben so zu leben, wie ich es wollte. Mein Vater nahm mir schon immer die Luft zum Atmen mit seinem kontrollsüchtigen egozentrischen Verhalten. Trotzdem habe ich den höchsten Respekt vor diesem Mann.

Stunden später liege ich noch immer regungslos auf dem Bett. Meine Gedanken fahren Karussell. An Schlaf ist nicht zu denken. Scheiß Jetlag… Morgen werde ich sicher total übermüdet sein.

Kapitel 16

Als der Wecker gnadenlos klingelt, bin ich versucht, ihn an die Wand zu feuern. Nur schwer kann ich diesen Impuls unterdrücken und versuche, mich zu orientieren. Durch den Vorhang lassen sich Sonnenstrahlen erahnen. Alles um mich herum ist fremd und erst nach und nach kommt die Erinnerung, dass ich mich in einem Münchener Hotelzimmer befinde. Schlaftrunken hieve ich mich in meinen Rollstuhl.

Nach dem Frühstück, das heute nur aus zwei großen Tassen schwarzen Kaffee besteht, lasse ich mich von einem Taxi zum Marienplatz bringen.

Wenn ich doch nur die Braut kennen würde, dann wäre es sicher nur halb so schwer, ein passendes Hochzeitsgeschenk zu finden.

Teenagerstimmen holen mich aus meinen Gedanken. Als ich mich umdrehe, erblicke ich eine Gruppe Mädchen und Jungen, die in ihrer unbekümmerten jugendlichen Art an der Ampel warten. Und mittendrin sehe ich sie.

„Wyk?!"

Meine Stimme droht zu versagen. Trotzdem scheint mich das Mädchen gehört zu haben. Suchend blickt sie sich um, setzt dann aber ihren Weg mit den anderen über die Straße fort.

Ich rufe noch einmal ihren Namen, doch diesmal hört sie mich nicht.

Nein, das kann nicht *meine* Wyk gewesen sein! Aber dieses Mädchen sah wirklich aus wie sie. Genauso sieht die

Wyk aus meiner Erinnerung von vor fast siebzehn Jahren aus, nur ist sie ja nun keine achtzehn mehr.

Völlig verwirrt verweile ich noch eine ganze Zeit in meinem Rollstuhl sitzend auf dem Gehweg. Ich denke nun nicht mehr über ein Hochzeitsgeschenk nach, sondern denke an Wyk und meine Zeit mit ihr…

„Leonard Eckerts, was soll ich nur mit dir machen? Du bist einfach nicht bei der Sache."

„Wie soll ich auch bei der Sache sein, wenn du so sexy aussiehst?"

Liebevoll schiebe ich Wyks langes braungelocktes Haar zur Seite, küsse ihren Hals und sehe, wie sie die Augen genüsslich schließt.

„Ja, aber du hast versprochen, mir bei meinem Referat zu helfen. Und so wird das nie was. Außerdem, was ist, wenn dein Vater plötzlich kommt?"

Ihre Stimme ist fast nur noch ein Wispern.

„Er kommt schon nicht und wenn, sieht er uns halt zusammen. Was ist schon dabei? Oder bin ich dir plötzlich peinlich?"

„Natürlich nicht!"

Wyk verdreht die Augen und automatisch macht mein Herz einen kleinen Satz.

„Okay, erst das Referat und dann hast du nur noch Zeit für mich?"

„Einverstanden!"

Siegessicher strahlt Wyk mich an. Oh Mann, diese Frau bringt mich noch um den Verstand.

Als es an der Tür klopft, zucken wir beide zusammen. Mein Vater ist heute tatsächlich früher als sonst zu Hause.

„Leonard, Wyk."

Er nickt uns beiden zu und schließt danach wieder die Tür.

„Siehst du! Ich wusste es!"

„Ja und? War doch nicht schlimm."

Ich reiche Wyk das Referatsblatt und stehe dann auf, um die Tür abzuschließen.

„Das ist nicht dein Ernst!"

Grinsend blicke ich sie an.

„Oh, doch natürlich! Das Referat ist fertig und nun gehörst du ganz mir."

Mit wenigen Schritten durchquere ich das Zimmer und ersticke ihr Veto in einem leidenschaftlichen Kuss.

„Leonard?"

Erschrocken sehe ich meinen Vater an. Wie lange habe ich hier wohl vor mich hingeträumt?

„Ist alles okay mit dir?"

Mein Vater blickt mich besorgt an.

„Oh, ja, natürlich! Die vielen Erinnerungen. Da sind meine Gedanken wohl etwas abgeschweift."

Ich begrüße meinen Vater mit einem festen Händedruck. Neidlos muss ich zugeben, Benedict Eckerts sieht wirklich fantastisch aus und hat sich in all den Jahren kaum verändert.

„Es freut mich wirklich sehr, dass du meiner Einladung gefolgt bist, mein Sohn."

Ich beiße in mein Sandwich und schaue meinen Vater an. Sein Blick verrät mir, dass er seine Worte ernst meint und das freut mich über alle Maßen.

„Wenn ich sage, ich war erstaunt über deinen Brief, untertreibe ich zugegebenermaßen, aber ich bin froh, dass es nun jemanden in deinem Leben zu geben scheint, der es wert ist, öffentlich bekannt zu werden."

„Ja, das ist sie! Und stell dir vor, ich scheine mit meinen siebzig Jahren endlich ruhiger zu werden."

Er öffnet lachend seine Brieftasche und reicht mir stolz ein Foto.

„Das ist Frederike, meine zukünftige Frau."

„Sie ist ja in deinem Alter!"

Meine Überraschung darüber ist unüberhörbar.

„Ich meine..."

„Schon gut, schon gut, ich weiß, was du meinst! Ich konnte einfach nach dem Tod deiner Mutter nie akzeptieren, alt zu werden. Mit Frederike ist das anders, sie ist mein Jungbrunnen. Mit ihr zusammen möchte ich sogar alt werden. Es ist, als hätte ich in all den Jahren nur nach ihr gesucht. Ich weiß, du wirst sie mögen."

Die Frau auf dem Bild lächelt mir sympathisch entgegen und ich hege keinen Zweifel, dass ich mich gut mit ihr verstehen werde.

Die nächsten Stunden verbringe ich damit, meinem Vater von meinem Leben in den Staaten zu erzählen.

„Vielleicht wirst du mir irgendwann verzeihen können, dass ich nicht für dich da war in den letzten Jahren."

Die Augen meines Vaters blicken mich traurig an.

„Da gibt es nichts zu verzeihen, Vater! Ich war auch nicht unbedingt der beste Sohn. Wir brauchten beide die Zeit allein, aber ich bin wirklich froh, nun hier zu sein!"

Mein Vater atmet hörbar aus, steht auf und umarmt mich. Ich bin überwältigt von meinen Gefühlen, denn ich kann mich an keine einzige Umarmung meines Vaters erinnern.

Zurück im Hotel fühle ich mich wie durchgekaut. Ich bin so unsagbar müde. Erschöpft lege ich mich ins Bett und schließe die Augen. In meinen Gedanken erscheint wieder Wyk. Und ich denke an das junge Mädchen an der Ampel.

Wahrscheinlich habe ich mir das alles doch nur eingebildet.

In dieser Nacht träume ich von Wyk, davon, dass ich sie wiedersehe. In meinem Traum ist sie mit einem anderen Mann zusammen, der einfach nicht die Finger von ihr lassen kann. Dieser Anblick, seine Hände und Lippen auf ihrer Haut machen mich traurig und wütend. Ich hasse diesen Kerl, obwohl ich ihn nicht kenne.

Schweißnass erwache ich. Draußen ist es noch dunkel. Wie spät mag es sein?

Ein Blick auf den Radiowecker zeigt, dass es erst fünf vor drei ist. Aufgewühlt von meinem Traum, lasse ich mich wieder ins Kissen sinken und ziehe die Decke ein Stück höher. Ich hätte Erin fragen sollen, ob sie mich begleiten will, dann wäre ich jetzt nicht allein. Mit diesem Gedanken schlafe ich wieder ein und träume diesmal nichts.

Kapitel 17

Ich habe meinen Vater, glaube ich, noch nie so aufgekratzt erlebt wie heute. Eigentlich hatte ich gar keine Lust verspürt, bei seinem Junggesellenabschied mit dabei zu sein, aber aus einem mir nicht begreiflichen Grund, ist es ihm enorm wichtig, mich dabei zu haben. Meinen Einspruch, dass er keine zwanzig mehr ist, überhört er geflissentlich.

Mit von der Partie sind am heutigen Abend, neben meinem Vater und mir, noch fünf seiner engsten Freunde: Ein Geschichtsprofessor, zwei Anwälte, ein Arzt und ein Richter. Alle fünf schon längst pensioniert, so wie mein Vater auch. Irgendwie komme ich mir äußerst deplatziert zwischen diesen alten Herren vor und genauso wirkt das sicher auch auf andere, obwohl wir alle das gleiche Hemd tragen.

Unsere Tour geht durch die Münchener Innenstadt und endet in einem der angesagtesten Tabledance-Clubs.

Die Beleuchtung in der Bar ist schummrig und alles ist in ein rotes Licht getaucht. Eine exklusive Atmosphäre zum Abschalten, wenn die Musik nicht so unsagbar laut wäre. Zum Glück sind wir unter den ersten Gästen, sonst hätte ich mit meinem Rollstuhl nie eine Chance, hier durchzufahren. Wie ich später wieder rauskommen soll, ist mir ein Rätsel, aber um dieses Problem werde ich mich dann kümmern. Entspannt lehne ich mich zurück und schaue mir interessiert die tanzenden Mädchen an. Ich muss sagen, ich bin wirklich schwer beeindruckt, mit welcher

Leichtigkeit und Akrobatik einige um die Stange wirbeln, völlig anmutig und sexy zugleich.

Zusehends füllt sich die Location mit immer jünger werdenden Menschengruppen. Wenn ich mich schon wie ein Dinosaurier hier fühle, wie muss es dann erst meinem alten Herrn und seinen Freunden gehen?

Die Stimmung steigt und die Shows werden immer exklusiver.

Nach und nach ziehen sich die Freunde meines Vaters in Begleitung junger Damen in die hinteren Räume zurück, wo sie scheinbar eine Privatvorstellung erwartet. Mir scheint es, dass sie öfter hier sind, da zwei der Mädchen sogar die Namen ihrer Auserwählten kannten. Fragend blicke ich meinen Vater an, der nur grinsend mit den Schultern zuckt und dann seine Aufmerksamkeit wieder auf die Bühnenshow richtet.

„Mein Sohn, du weißt, alles was hier heute passiert, bleibt in diesen Räumlichkeiten!"

Mit diesen Worten steht mein Vater auf.

Irritiert schaue ich ihm nach, wie er im Raucherbereich der Bar verschwindet. Als er zurückkommt, begleitet ihn eine dicke stinkende Wolke aus Tabak und Nikotin. Wann hat er wieder angefangen zu rauchen?

Mein Vater setzt sich abermals zu mir und wirkt irgendwie nervös. Seine Knie wippen hektisch auf und ab. Als ein Mädchen im Krankenschwestern-Outfit an unserem Tisch erscheint, erhellt sich seine Miene. Wie alt mag die Kleine sein? Achtzehn – allerhöchstens zwanzig schätze ich.

Er tut es also immer noch! Ich bin fassungslos darüber, denn schließlich will er in einer Woche heiraten.

„Hey, mach nicht so ein Gesicht! Sie tanzt doch nur für mich. Amüsiere dich, Leonard! Das Leben ist zu kurz, um dies nicht zu tun. Und nicht vergessen: ALLES bleibt hier in diesen Räumen!"

Mit Nachdruck klopft er mir auf die Schulter und verschwindet dann aus meiner Blickfläche.

Oh Mann, ich kann es nicht glauben, da lassen die mich hier ernsthaft einfach so allein zurück. Aber nicht mit mir! Das tu ich mir nicht länger an!

Noch während ich mich weiter über das Verhalten meines Vaters ärgere, lasse ich meinen Rollstuhl zurückrollen und stoße auch prompt mit ein paar Gästen zusammen. Wie soll ich hier nur rauskommen? Eilig entschuldige ich mich und bahne mir dann langsam meinen Weg weiter in Richtung Ausgang.

Gerade als ich mich zum gefühlten tausendsten Mal entschuldige, stolpert jemand über mich beziehungsweise über die Beinstütze meines Rollstuhls. Reflexartig entschuldige ich mich erneut, obwohl ich weiß, dass mich dieses Mal keine Schuld trifft.

„Wyk!?"

Unter tausenden Frauen hätte ich sie immer wieder erkannt. Diese Augen und ihr scheues Lächeln. Erleichtert stelle ich fest, dass sie kein Kostüm trägt. Also ist auch Wyk hier Gast heute Abend.

„Leonard! Verzeih, ich habe dich nicht gesehen. Es tut mir leid."

Mein Herz pocht wie wild in meiner Brust.

„Nein, schon okay! Was machst du hier?"

„Eine Bekannte feiert ihren Geburtstag, aber mir ging das Gezicke grad tierisch auf die Nerven, deshalb wollte ich raus. Und du?"

„Junggesellenabschied. Mein Vater will heiraten."

„Nein, ist nicht wahr? Ich weiß gar nicht, was ich dazu sagen soll. In dem Alter! WOW!"

„Hey, ihr zwei! Könntet ihr euch woanders unterhalten? Kommt ja keiner mehr durch hier."

Die Kellnerin schaut gestresst, aber dennoch freundlich.

„Ähm, ja klar! Sorry!"

„Warte, ich helfe dir!"

Wyk geht wie selbstverständlich hinter den Rollstuhl und umfasst die Griffe.

„Tschuldigung, dürfen wir mal bitte durch?"

Langsam schiebt Wyk den Rollstuhl durch die Menschenmenge in Richtung Ausgang.

Wir zahlen und verlassen zusammen die Bar. Die Luft ist erfrischend und angenehm kühl. Eine wirklich schöne sternenklare Oktobernacht. Erst jetzt bemerke ich, wie stickig es im Club gewesen ist.

„Wohin jetzt?"

Ich drehe mich zu Wyk und erblicke ihr Lächeln. Augenblicklich schlägt mein Herz schneller.

„Wo immer du hinmöchtest."

„Okay. Hmmm, ich kenn da ein nettes Lokal nicht weit von hier, die haben sicher noch auf. Aber willst du nicht erstmal deinem Vater Bescheid geben, bevor er dich sucht?"

Mein Vater! Ach Gott, an den habe ich gar nicht mehr gedacht. Ich zücke mein Handy und tippe eine Nachricht. Dann schalte ich es aus.

„Erledigt! Wir können los."

Entspannt lehne ich mich zurück und lasse mich von Wyk durch die menschenleere Straße schieben. Seltsam, wie vertraut sich das anfühlt – kein bisschen unangenehm.

Trotz später Stunde herrscht reges Treiben im Inneren des Lokals. Auf der kleinen Tanzfläche bewegen sich rhythmisch die Paare eng aneinander geschmiegt zu einem langsamen Lied, welches mir leider unbekannt ist. Aber es klingt schön.

„Hi, ihr beiden! Da hinten ist ein guter Platz für den Rollstuhl."

Die Kellnerin lächelt uns an und geht dann voraus. Langsam schiebt Wyk mich zu unserem zugewiesenen Platz, immer darauf bedacht, nirgends anzustoßen.

„Ich bin Leila und heute hier für euch zuständig. Wisst ihr schon, was ihr trinkt?"

Mit geübter Handbewegung zündet Leila das Teelicht auf unserem Tisch an. Nachdem sie unsere Getränkebestellung notiert hat, hastet sie zum Nebentisch. Amüsiert schaue ich ihr nach.

„Ist hier immer so viel los?"

„Ja, aber man findet eigentlich immer ein Plätzchen. Die Leute sind okay und ich sag dir, hier gibt es die besten Cocktails von ganz München."

Ich spüre diese Vertrautheit zwischen Wyk und mir, sodass es in meinem Bauch anfängt zu kribbeln.

„Darf ich dich fragen, wieso du im Rollstuhl sitzt?"

„Motorradunfall."

„Oh, das tut mir leid."

Verlegen senkt Wyk ihren Blick. Ich kann einfach nicht anders: Mit dem Finger hebe ich ihr Kinn an, damit ich in ihre schönen blauen Augen sehen kann.

„Das muss es nicht. Wirklich!"

„Wie lang schon? Ich meine, was ist passiert? Verzeih meine Neugierde, wenn du nicht drüber reden willst, ist das okay."

Leila stellt lächelnd unsere Gläser vor uns auf den Tisch und eilt dann wieder davon. Jung und hübsch, genau dieser Typ Frau würde sicher meinem Vater gefallen.

Innerlich ärgere ich mich über meine Gedanken, lasse mir aber nichts anmerken.

„Kein Problem! Im März war es zwei Jahre her. Ich war auf dem Weg nach Las Vegas. Mit dem Motorrad immer an der Küste entlang. Mein erster Halt war in San Francisco. Von dort aus ging es weiter nach Monterey, Carmel, San Luis Obispo, Santa Barbara, Los Angeles und San Diego. In jeder Stadt blieb ich zwei Tage, bevor ich weiterreiste. Auf dem Weg nach Palm Springs kam mein Motorrad auf einer Ölspur ins Schleudern. Dann ist alles schwarz. Das nächste, woran ich mich erinnern kann, ist dieser schreckliche Schmerz, als ich im Krankenhaus zu mir kam. Von den Ärzten erfuhr ich dann, dass ich während einer Not-OP zwei Herzstillstände gehabt hatte und reanimiert werden musste. Danach lag ich drei Monate im Koma. Es grenzt wohl an ein wahres Wunder, dass ich noch lebe."

Erst jetzt bemerke ich, dass Wyk meine Hand ergriffen hat. Wann sie das wohl getan hat? Ihre Hände fühlen sich eisig an.

„Weißt du, das Schlimmste war nicht der Unfall oder der Schmerz. Nein, meine schrecklichste Erinnerung an diese Zeit ist der Tag, an dem ich bemerkte, dass ich meine Beine nicht mehr spüre und nicht mehr bewegen kann. Diese unbeschreibliche Panik, die in mir aufkam, war das Krasseste überhaupt."

Traurig lächle ich Wyk an und es bricht mir fast das Herz, den Schmerz in ihren Augen sehen zu müssen.

„Aber daran möchte ich nicht denken. Viel lieber erinnere ich mich an den Fahrtwind, das Freiheitsgefühl und die Lebendigkeit, die ich auf meinem Motorrad gefühlt habe."

„Ich hatte keine Ahnung…"

Mitten im Satz bricht Wyk ab und ich sehe Tränen in ihren Augen glitzern.

„Nein, hey, es ist alles gut. Woher solltest du es auch wissen."

Sanft streichle ich über Wyks Wange und genieße das Gefühl, wie sie ihr Gesicht in meine Handfläche schmiegt.

„Wir haben dich des Öfteren gegoogelt."

„Wir?"

Augenblicklich errötet Wyk.

„Ich meinte ICH. Oh Mann, ich bin total durcheinander. Verzeih!"

„Du hast mich also gegoogelt? Und was liest man da so im Netz über mich?"

Belustigt sehe ich, wie Wyk die Augen verdreht. Es ist genau wie früher. Und ich muss zugeben, es macht Spaß, sie zu necken.

„Wollt ihr zwei noch was?"

Erschrocken blicken wir Leila an, die wieder an unserem Tisch steht.

„Ähm ja, das gleiche nochmal, bitte."

Ich schaue Wyk an, die mir mit einem Nicken bestätigt, dass ihr meine Bestellung recht ist.

„Okay, kommt sofort."

Mit wippendem Schritt geht Leila Richtung Bar. Es scheint, als würde sie den Weg tanzen.

„Da du ja schon alles von mir zu wissen scheinst, bist du jetzt dran mit Erzählen."

Auffordernd lächle ich Wyk an und blicke ihr dabei ganz tief in die Augen, was sie wieder erröten lässt. Erst in diesem Augenblick werden mir ihre Worte bewusst: Sie hat nach mir im Netz gesucht, sie hat an mich gedacht.

„Sag bloß, du hast das World Wide Web nie nach mir befragt?"

Mein Grinsen verrät die Antwort.

Wyks herzhaftes Lachen ist Balsam für meine Seele.

„So, hier eure Bestellung."

Leila wechselt das Teelicht auf unserem Tisch und zündet das neue an. Dann tanzt sie wieder davon.

„Okay, ertappt! Aber viel konnte ich leider nicht über dich erfahren, außer, dass dir ein Blumengeschäft in der Innenstadt gehört."

„Mehr gibt es auch erstmal nicht zu berichten."

Dieser Blick... Ich vermag nicht zu sagen warum, aber ich habe das Gefühl, Wyk verschweigt mir etwas.

„Warum hast du mich damals verlassen?"

Wyk verschluckt sich an ihrem Drink und beginnt zu husten. Als sie sich wieder beruhigt hat, blickt sie mich mit schmerzerfüllten Augen an.

„Leonard, bitte heute nicht. Vielleicht irgendwann, aber bitte nicht heute."

Ihre flehende Stimme schnürt mir die Kehle zu.

Ich sehe die Träne, die sich über ihre Wange schlängelt. Behutsam streiche ich sie mit meinem Daumen fort.

„Na schön, aber bitte sag mir ehrlich: Gab es einen anderen Mann?"

„Nein, Leonard, den gab es nie!"

Kapitel 18

*N*och immer liege ich wach in meinem Bett im Hotel-zimmer. Das Zusammentreffen mit Wyk ist einfach gigantisch schön gewesen. Der gesamte Abend, alles war so vertraut. Trotzdem werde ich das Gefühl nicht los, dass sie mir etwas verschwiegen hat. Aber das werde ich auch noch herausfinden und wenn nicht, ist es auch nicht so schlimm, es sei denn, sie hat mir einen Ehemann verschwiegen. Allerdings glaube ich das nicht. Da war kein Ring an ihrem Finger. Und ebenso unser Abschiedskuss, auch wenn er nur sehr flüchtig war, ließ keinen Freund vermuten.

Jetzt ärgere ich mich über meine Feigheit. Ich hätte sie wirklich nach einem etwaigen Partner fragen sollen. Doch hätte ich es ertragen, zu erfahren, dass es jemanden an ihrer Seite gibt? Nein, sicher nicht. Die Stimmung wäre dann sicher angespannt gewesen. Andererseits, ist es realistisch anzunehmen, dass so eine Traumfrau Single ist?

Sie trägt jetzt ihr Haar kürzer als früher, aber trotzdem noch so, um es als lang zu bezeichnen. Vor meinem inneren Auge erscheint das Bild von Wyk. Diese Frau ist der absolute Wahnsinn. Allein ihre Optik ist der Burner: Strahlendes Lächeln, weiße Zähne, makellose Haut (nur ihre Hände weisen unzählige Kratzer auf, wegen ihrer Arbeit im Blumenladen), braun gelocktes Haar, Augen so blau wie der Ozean und eine zierliche Figur, aber mit dem richtigen Maß an Rundungen. Ihre Stimme ist so sanft und sinnlich, das Herz hat sie am rechten Platz. Auf jeden Fall ist sie intelligent und dann ihr Duft…

Mitten in meinen Gedanken halte ich inne. Oh nein, ich habe mich verliebt!

Diese Erkenntnis trifft mich wie ein Schlag.

Aber kann man sich überhaupt ein zweites Mal in ein und dieselbe Frau verlieben? Doch ist sie überhaupt noch dieselbe nach all den vielen Jahren?

Die Gedanken schwirren durch meinen Kopf.

Was soll ich denn nur tun? Gibt es überhaupt noch eine Chance für uns?

Ich gebe den Versuch auf, doch noch Schlaf zu finden. Draußen wird es bereits hell. Langsam fahre ich ins Badezimmer und genehmige mir eine heiße Dusche, wobei mein einziger Gedanke nur Wyk ist. Früher wäre ich joggen gegangen, um den Kopf wieder frei zu bekommen. Nur jammern hilft nun auch nichts. Es ist, wie es ist. Ich weiß, dass das stimmt, aber im Stillen verfluche ich mein Dasein, gefesselt an einen Rollstuhl zu sein.

Kapitel 19

Oh Mann, was ist das für ein Lärm?

Ich öffne die Augen, um sie gleich wieder zu schließen, und ziehe mir die Decke über den Kopf.

Das Hämmern an meine Zimmertür wird immer lauter und ich vernehme die aufgebrachte Stimme meines Vaters.

„Ja doch, gleich."

Mürrisch hieve ich mich in meinen Rollstuhl, ziehe ein Shirt über und fahre zur Tür, um sie zu öffnen.

„Sag mal, spinnst du? Wo warst du in den letzten Tagen?"

Völlig cholerisch stürmt Benedict Eckerts an mir vorbei.

„Sag mal, spinnst DU? Guten Morgen erstmal! Kannst du mir verraten, was dieser Krach und das ganze Theater am frühen Morgen sollen?"

Schnaufend setzt sich mein Vater auf den Sessel neben der Couch und reibt sich mit den Handflächen übers Gesicht. Mit einem Mal sieht er alt und gebrechlich aus.

„Ich habe mir Sorgen um dich gemacht! Ich meine, da komm ich aus dem Séparée und du bist nicht mehr da. Auch die anderen wussten nicht, wo du bist und dann frage ich eine Kellnerin und die sagt, du seist schon gegangen. Weißt du, was das für ein Schreck war? Und dann rufe ich dich an und erreiche nur die Mailbox. Und das nun schon seit zwei Tagen!"

„Ich hatte dir eine Nachricht übers Handy geschrieben!"

„Ach, als ob ich weiß, wie man so etwas abfragt."

„Okay, du hast ja Recht, daran hätte ich denken müssen, aber in diesem Moment habe ich an gar nichts gedacht. Außerdem wart ihr ja eh so beschäftigt. Meinst du es war toll für mich, da so allein rumzusitzen?"

„Leonard, du bist ein erwachsener Mann. Wir sind erwachsene Männer. Da braucht doch niemand einen Babysitter. Du hättest dich nur zu amüsieren brauchen."

„Eben! Keiner braucht einen Babysitter! Also, was regst du dich so auf? Als erwachsener Mann steht es mir frei, zu gehen oder zu bleiben. Außerdem, wer sagt, dass ich mich nicht amüsiert habe?"

Augenblicklich erhellt sich die Miene meines Vaters.

„Hast du das denn? Ich meine, dich amüsiert."

„Ja, allerdings! Sehr sogar! Ich habe Wyk wiedergesehen."

So schnell wie das Lächeln auf dem Gesicht meines Vaters erschienen ist, ist es nun auch wieder verschwunden. Sein Blick ist finster und grimmig.

„Wyk, sagst du, war auch in der Bar? Was wollte sie da?"

„Eine Freundin von ihr hat dort ihren Geburtstag gefeiert. Dad, weißt du, wie unbeschreiblich toll es war, sie nach all den Jahren wiederzusehen?"

„Das kann ich mir vorstellen."

Mein Vater schnaubt verächtlich und seine Stimme klingt eisig.

„Und, wirst du sie wiedersehen?"

„Das hoffe ich doch sehr! Was ist auf einmal mit dir?"

„Ich werde ihr nie verzeihen, dass sie mir meinen einzigen Sohn weggenommen hat. Das ist los!"

Unvermittelt steht mein Vater auf und geht zur Minibar.

„Ich darf doch?"

„Bediene dich ruhig! Sie hat mich dir nicht weggenommen, ich bin von allein gegangen!"

Die Glasfläschchen klirren, als mein Vater sie auf den Couchtisch stellt. Er selbst lässt sich mit einem lauten Ächzen wieder in den Sessel plumpsen. So kenne ich ihn gar nicht. Meine Augen wandern über die bunte Schnapsmischung. Zwölf kleine Fläschchen – der gesamte Inhalt der Minibar nehme ich an, sage aber nichts dazu.

„Ach, nein? Hat sie das nicht? Doch natürlich hat sie das! Hätte sie dich nicht so Hals über Kopf verlassen, wärst du doch niemals in die Staaten abgehauen und ich hätte nicht meinen einzigen Sohn verloren."

Seine Stimme ist bedrohlich laut geworden. Genau vor dieser hatte ich als Kind immer so viel Angst gehabt. Aber nun bin ich kein Kind mehr. Ich setze mich aufrecht in meinen Rollstuhl und umklammere die Armstützen mit meinen Fingern. Nein, ich habe keine Angst, sondern spüre die Wut in mir brodeln, als der Beschützerinstinkt für Wyk in mir erwacht.

„Ach, hör doch auf! Sie hatte ihre Gründe. Und du hast mich als Sohn nicht verloren. Ich lebe doch noch und sitze hier vor dir. Ja, mein Leben ist jetzt in den Staaten, aber dass so lange kein Kontakt zwischen uns war, war ja wohl kaum die Schuld von Wyk. Es war DEINE und MEINE gleichermaßen. Du warst zu stur und ich zu feige. So siehts doch aus!"

Auch meine Stimme ist nun laut und ich muss mich selbst zügeln, um nicht zu explodieren. Ja, Wyk hatte mich von heute auf morgen verlassen, ohne mir einen Grund zu nennen. Aber ich weiß, dass es eine Ursache gegeben haben muss, die so krass war, dass sie sie mir nicht nennen konnte. Doch mal ehrlich, vielleicht war die Trennung von Wyk der Anlass, um von zu Hause zu flüchten, aber im Grunde war es doch meine eigene Feigheit, die mich dazu gebracht hatte. Ich hatte Angst, den wahren Grund zu erfahren, und ich hatte mich auch zu sehr in meinem Selbstmitleid gesuhlt.

„Es ist so viel einfacher, jemand anderes verantwortlich zu machen, als sich selbst seine Fehler einzugestehen."

Ich blicke meinem Vater fest in seine grauen Augen. Der Schmerz ist deutlich sichtbar und es versetzt mir einen tiefen Stich, diesen zu erkennen.

„Ja, da hast du Recht. Doch es war nicht Wyks Schuld."

„Nur, was ist damals passiert?"

„Ganz ehrlich? Ich weiß es nicht! Aber es ist mir auch nicht wichtig. Dad, ich liebe sie noch immer oder schon wieder, keine Ahnung. Aber da ist wieder dieses Gefühl."

„Ist sie denn noch ledig?"

„Wenn ich das nur wüsste."

Kameradschaftlich klopft mir mein Vater auf die Schulter und stellt dann die zwölf Schnapsfläschchen ungeöffnet zurück in die Minibar.

„Dann solltest du das als Erstes herausbekommen! Ich hoffe nur, es endet nicht mit Herzschmerz."

Nachdem mein Vater gegangen ist, dusche ich und kleide mich an. Für Frühstück im Hotel ist es nun schon zu spät, wie mir ein Blick auf die Uhr verrät.

Dann werde ich wohl auswärts frühstücken müssen. Laut Google gibt es gegenüber von Wyks Blumengeschäft in der Innenstadt ein kleines Café. Vielleicht hat Wyk ja Zeit, mich dorthin zu begleiten.

Ich lasse mir an der Rezeption des Hotels ein Taxi rufen, das mich in die Innenstadt bringt.

An meinem Ziel angekommen, halte ich inne und schaue mich um.

Da ist es! Augenblicklich beginnt mein Herz wie wild zu klopfen, als ich Wyks Blumengeschäft erblicke.

In geschwungener grüner Schrift steht über dem Eingang "le jomy".

Welch seltsamer Name für einen Blumenladen. Was dieser Name wohl bedeutet? Im Internet habe ich schon versucht die Bedeutung herauszufinden, konnte aber nichts darüber finden.

Links und rechts von der Eingangstür stehen zwei große einladende Palmen in riesigen Steinblumenkübeln. Vor dem Schaufester reihen sich mehrere Blumenbänke mit verschiedenen Topfpflanzen. Einige blühen, andere nicht. Es sieht wie ein buntes Meer aus. Zwischen den Pflanzen stehen vereinzelte Steinfiguren und flackernde Laternen. Alles ist liebevoll dekoriert, das sieht man sofort.

Leider werde ich nie das Geschäft von innen betrachten können, denn nur eine Treppe führt hinein.

„Leonard!"

Ich erblicke Wyks wunderschönes Lächeln. Was würde ich jetzt alles für nur einen einzigen Kuss geben?

Schnell schiebe ich den Gedanken beiseite.

„Wyk!"

Grinsend schaue ich sie an.

„Oh Mann, was machst du hier?"

Freudestrahlend kommt Wyk auf mich zu und umarmt mich fest. Ihr Duft ist betörend.

„Ich wollte dich überraschen, aber leider kam ich nicht weiter."

Erklärend zeige ich auf die Eingangsstufen. Wyks Blick wird traurig.

„Das tut mir leid, Leonard."

Ihre Stimme gleicht einem Flüstern. Am liebsten würde ich sie jetzt küssen.

„Hey, ist doch alles gut. Hast du etwas Zeit für mich? Ich habe heut noch nicht gefrühstückt. Wir könnten ins Café dort drüben."

„Ich kann nicht, Leonard."

Mein enttäuschter Gesichtsausdruck entgeht ihr nicht.

„Ich meine, ich kann den Laden nicht einfach allein lassen. Aber heute Abend hätte ich Zeit. Wenn du magst…"

„Sehr gern!", unterbreche ich sie und ergreife ihre Hand. Zärtlich streiche ich über die Kratzer auf ihrer Haut mit meinen Fingern entlang und schaue ihr dabei ganz tief in ihre wunderschönen blauen Augen.

„Prima! Wann und wo?"

„Da bin ich flexibel. Das einzige, was ich vorher unbedingt erledigen muss, ist ein Hochzeitsgeschenk für meinen Vater und seine Frederike zu finden."

„Okay, dann viel Erfolg! Also, ich arbeite bis achtzehn Uhr. Wir könnten uns, sagen wir mal, um neunzehn Uhr im Jinxx treffen. So wie früher."

„Nein, echt? Das Jinxx existiert noch immer?"

„Ja, das tut es. Es hat zwar schon gefühlte hundert Mal den Besitzer gewechselt, aber es existiert noch."

„Perfekt! Neunzehn Uhr im Jinxx. Ich freu mich!"

Kapitel 20

Etwas gefrustet kehre ich im Jinxx ein. Das mit dem Hochzeitsgeschenk ist doch schwieriger als gedacht. Was schenkt man jemanden, der doch schon eigentlich alles hat? Das einzige, was meine Stimmung hebt, ist das Wissen, Wyk bald wieder zu sehen.

„Hi, na! Und was Schönes für deinen Vater gefunden?"

Wyk begrüßt mich mit einem flüchtigen Kuss auf die Wange und setzt sich dann auf den freien Stuhl neben mir. In meinem Bauch fängt es augenblicklich an zu kribbeln, obwohl ihre Berührung nur kurz war.

„Leider nicht wirklich. Ich habe irgendwie überhaupt keine Idee."

„Das mit dem Schenken ist immer schwierig. Ich nehme an, Geld oder ein Gutschein sollen es nicht sein?"

„Vor allem, wenn man die Braut nicht kennt. Nein, kein Geld oder Gutschein. Mein Vater hat schon immer Kohle genug gehabt, außerdem ist das so unpersönlich."

Ich merke selbst, dass meine Stimme quengelnd klingt.

„Was magst du trinken? Weißwein?"

Wyk nickt zustimmend.

Ich gebe der Kellnerin ein Zeichen, die meine Bestellung aufnimmt.

„Auf diesen Abend! Möge er unvergesslich werden."

Wir prosten uns zu und ich beobachte erwartungsvoll, wie Wyk an ihrem Glas nippt.

„Der ist wirklich köstlich! Gute Wahl."

Puh, bin ich froh, Wyks Geschmack getroffen zu haben. Ich lächle ihr zu, bevor auch ich den Wein probiere.

„Um das nochmal mit dem Geschenk aufzugreifen: Ich kann mir wirklich vorstellen, dass es schwer ist. Hmmm, lass mich mal überlegen. Ich habs: Wie wärs mit Blumen?"

Wyk beginnt herzhaft an zu lachen.

„Das war ein Spaß, Leonard! Aber mal im Ernst, vielleicht ein Kurs. Fotografie, Malerei, Kochen oder so."

Meine Miene erhellt sich deutlich. Ja, ein Fotografie-Workshop ist geradezu perfekt.

„Hey, das ist eine fantastische Idee! Mensch Wyk, du bist die Beste!"

Überschwänglich ziehe ich Wyk in meine Arme. Oh Mann, dieser Duft… Ohne weiter darüber nachzudenken küsse ich Wyk. Erst zaghaft, dann immer fordernder. Wie von allein finden sich unsere Zungen und das Kribbeln in meinem Bauch wird immer heftiger. Dabei vergesse ich alles um mich herum.

„Hey Leute, nehmt euch ein Zimmer."

Ich erkenne das Lachen sofort. Widerwillig gebe ich Wyk wieder frei. Aufgeschoben ist ja nicht aufgehoben.

„Kevin, Mensch, bist du das wirklich? Mann, das gibt's ja gar nicht!"

Vergnügt begrüße ich meinen Freund aus alten Zeiten. Wie lang habe ich ihn nicht mehr gesehen? Zwanzig, fünf-undzwanzig Jahre ist es sicher schon her. Groß verändert hat er sich in all den Jahren nicht.

„Leonard Eckert, ich kann es kaum glauben. Was ver-schlägt dich denn mal wieder nach Deutschland?"

Ich berichte von der bevorstehenden Hochzeit meines Vaters, von meinem Leben in den Staaten und reiße kurz das Thema Motorradunfall an. Dabei halte ich die ganze Zeit Wyks Hand, als ob es das selbstverständlichste der Welt überhaupt wäre. Von Kevin erfahre ich, dass er seit zwei Jahren das Jinxx führt und bereits vierfacher Vater ist.

„Ja, stell dir vor, ich habe meine Michelle geheiratet."

„Nein, ehrlich? Die hübsche Michelle von früher? Seit wann sagst du, dass du sie mal heiraten willst? Ich glaube, wir waren damals acht oder neun."

„Ja, genau diese Michelle!"

Der Stolz in seiner Stimme ist unverkennbar und ich freue mich ehrlich für ihn.

„Und was macht dein Bruder Anthony? Ist er noch mit Fiona zusammen?"

Kevins Gesichtsausdruck verändert sich deutlich.

„Hast du es nicht erfahren? Fiona ist vor einigen Jahren bei einem Autounfall ums Leben gekommen. Anthony war lang nicht er selbst, aber nun ist er mit Joan zusammen. Die beiden haben drei Kinder."

„Nein, sorry, das wusste ich nicht. Oh Mann, das ist ja wirklich schrecklich. Grüße ihn bitte von mir! Vielleicht können wir uns ja mal alle zusammen treffen, der alten Zeiten wegen?"

„Diese Idee finde ich toll! Und du Wyk? Du sagst ja gar nichts. Seid ihr eigentlich wieder zusammen? Ich hab gehört, der Mistkerl hat dich sitzen lassen, als er in die Staaten ist."

Wyk errötet.

„Naja, eigentlich war ich diejenige, die zuerst gegangen ist."

„Oh, okay, wenn das so ist…"

Das Klirren von zerspringendem Glas lässt Kevin aufspringen und in Richtung Küche eilen.

„Es tut mir leid! Ich wusste nicht, dass einige denken, dass du es warst, der mich verlassen hat."

90

„Hey, mach dir keine Gedanken. Mir macht das nichts."

Diese Traurigkeit in Wyks Augen bricht mir fast das Herz. Eilig versuche ich das Thema zu wechseln.

„Sag mal, wusstest du, dass von dir eine Kopie in München rumläuft?"

„Wie meinst du das?"

„Naja, ich habe vor einigen Tagen und auch heute ein Mädchen gesehen, die sah von Weitem aus wie du früher. Voll krass, ihr könntet Schwestern sein."

Das Klingeln von Wyks Handy unterbricht meine Gedanken.

„Hi, Schatz!"

Schatz? Mir wird augenblicklich übel. Gibt es doch jemanden in Wyks Leben?

„Ja, ich weiß! Ich habe es gerade erfahren."

Wyk seufzt und ich kann nichts anderes tun, als sie anzustarren.

„Nein, keine Ahnung, aber irgendwie muss ich ja jetzt."

Schade, dass ich nicht verstehe, was am anderen Ende der Leitung gesprochen wird und vor allem von wem.

„Ich dich auch! Bis später."

Erwartungsvoll blicke ich Wyk an, als diese ihr Telefonat beendet hat. Doch sie sagt kein Wort. Die Luft ist wie elektrisiert.

„War das dein Mann?"

Meine Stimme klingt schroffer als beabsichtigt.

„Was? NEIN! Ich habe keinen Mann, aber es gibt da etwas in meinem Leben, wovon ich dir bisher nichts erzählt habe."

Kapitel 21

Mit zittrigen Händen durchsucht Wyk ihre Handtasche und legt dann zwei Bilder falschherum auf den Tisch.

„Ich weiß eigentlich immer noch nicht, wie ich es dir sagen soll…"

Langsam dreht Wyk das erste Foto um. Eine jüngere Variante von Wyk lächelt mir entgegen.

„Das Mädchen aus der Stadt…"

Mehr bin ich nicht fähig zu sagen. Meine Stimme klingt rau.

„Ja, das ist meine Tochter Myra Leona. Und das", mit einer raschen Handbewegung deckt Wyk nun auch das zweite Bild auf, „ist ihr Zwillingsbruder Jordan Leonard."

Ich betrachte den Jungen auf dem zweiten Foto, der eindeutig die jüngere Variante von meiner Person ist.

„Ich… ich verstehe nicht. Ich meine, er sieht ja aus wie ich!"

„Ja, das tut er."

„Hast du mich etwa deshalb verlassen, weil du schwanger warst?"

Das pure Entsetzen fährt mir durch den Körper.

„Nein! Leonard, ich schwöre, das habe ich erst viel später erfahren. Und du warst dann auch gar nicht mehr in Deutschland…"

Wyk beginnt zu schluchzen und obwohl ich durch den Schock der Neuigkeiten völlig neben mir stehe, ergreife ich Wyks Hand wie selbstverständlich. Ihre Hand fühlt sich eisig an und ich spüre ihr Zittern.

„Bitte sag mir, was damals vorgefallen ist, damit ich begreife."

Ich fühle die Tränen in meinen Augen, lasse sie aber nicht heraus.

„Ich kann nicht!"

„Doch, Wyk! Meinst du nicht, das bist du mir schuldig?"

Panik breitet sich in mir aus.

Wyk senkt den Blick.

„Womöglich hast du Recht. Aber nicht hier! Ich könnte es nicht ertragen, dass womöglich ein Fremder etwas mitbekommt."

Stumm schiebt Wyk meinen Rollstuhl in Richtung Marienhof. Der Park ist, bis auf wenige Hundebesitzer und ein paar wenige Jogger, menschenleer. Zielstrebig steuert Wyk eine Parkbank an und setzt sich.

Ich stelle die Bremsen an meinem Rollstuhl fest und blicke Wyk erwartungsvoll an. Deutlich spüre ich die Anspannung und meine Ungeduld, lasse mir aber nichts anmerken.

„Ich weiß nicht, wo ich beginnen soll."

„Am Anfang?"

Aufmunternd lächle ich ihr zu.

„Das sagt sich so leicht."

Hörbar atmet Wyk aus. Mit Tränen in den Augen schaut sie mich an, aber ihr Blick erreicht mich nicht. Mit ihren Gedanken scheint sie ganz weit weg zu sein.

„Weißt du noch, unser gemeinsames Sommerwochenende bei meiner Tante und meinem Onkel auf dem Bauernhof? Ich fand es so toll, dass du mich einfach so spontan dort besucht hattest. Wir hatten so viel Spaß. Ich war so verliebt und mir brach es fast das Herz, als du Sonntagabend wieder nach Hause musstest. Es war Montagabend, als sich Larry, ein Freund und Angestellter meines Onkels, zu mir ins Heu setzte. Ich hatte dort gesessen und gemalt. Völlig vertieft in meine Gedanken und fasziniert von der Schönheit der Natur. Da war die untergehende Sonne, das kleine Dorf im Hintergrund, Kühe und Kälber. Ich merkte erst gar nicht, dass ich nicht allein war, erst als er sich zu mir setzte. Augenblicklich überkam mich ein seltsames Gefühl. Keine Ahnung, was es war, aber mein Instinkt sagte mir: Verschwinde. Also wollte ich gehen. Doch Larry hat mich am Handgelenk festgehalten und gemeint, ich solle doch bleiben. Mich überkam Angst und ich war wie gelähmt. Er hat sich zu mir gebeugt, er stank nach Alkohol und Qualm. Dann flüsterte er, dass er genau gesehen hat, was wir am Wochenende getan haben, dass er uns dabei beobachtet hat, wie wir es *getrieben* haben. Sein Griff um mein Handgelenk wurde immer fester. Leonard, ich hatte einfach keine Chance gegen ihn…"

Die letzten Worte sind durch Wyks Schluchzen kaum verständlich. In meinen Ohren rauscht das Blut und mir wird augenblicklich übel. Mit einem Ruck ziehe ich Wyk auf meinen Schoß und lasse sie an meiner Schulter weinen. Unfähig etwas anderes tun zu können, streichle ich ihr übers Haar.

Als sie alle Tränen geweint hat, richtet Wyk sich auf und schaut mich an.

„Hat er dich…?"

Ich kann es nicht aussprechen, aber das muss ich auch nicht. Mit rotgeweinten Augen blickt Wyk mich an und nickt stumm mit dem Kopf.

„Warum hast du es mir nie gesagt? Ich hätte ihn…"

Wyk legt ihren Zeigefinger auf meine Lippen und stoppt so meine Worte.

„Eben! Ich hätte es nie ertragen, wenn du wegen mir etwas getan hättest, was dich in Schwierigkeiten gebracht hätte."

Ist das zu glauben? Wyk widerfährt so ein absoluter Alptraum und sie hat nichts anderes im Kopf, als mich schützen zu wollen?

„Ich bin dann am selben Abend Hals über Kopf nach Hause gefahren. Mein Onkel und meine Tante dachten, es wäre wegen der Sehnsucht nach dir. Zum Glück waren meine Eltern zu diesem Zeitpunkt verreist, sodass ich die ganze Woche in meinem Bett verbringen konnte. Ich wollte niemanden sehen, wollte nur vergessen. Aber das ging natürlich nicht."

Ich habe einen dicken Kloß in meinem Hals. Noch nie habe ich so viel Schmerz in den Augen eines Menschen gesehen.

„Und dann sahen wir uns wieder. Mein Herz hatte dich so vermisst, doch ich bekam die Bilder und das Schamgefühl nicht aus meinem Kopf. Ein Kuss von dir, was sonst das Schönste auf der Welt für mich war, hat mich gelähmt und allein der Gedanke an deine Berührungen, versetzte mich in Panik. Ich habe mich selbst so dafür gehasst, dass ich dich auf der einen Seite so sehr liebte und auf der anderen dich einfach nicht mehr ertragen konnte."

Der quälende Blick von Wyk versetzt mir einen Stich mitten ins Herz.

„Ich weiß, ich habe dir in der Zeit mehr als einmal vor den Kopf gestoßen. Es tat mir leid, dich zu verletzen. Deshalb habe ich mich von dir getrennt."

„Du hättest nur ein Wort sagen müssen. Wyk, mit mir hättest du reden können. Warum hast du mir nicht vertraut?"

„Leonard, ich konnte es einfach nicht! Ich habe mich so geschämt. Jetzt würde ich auch alles anders machen, aber damals habe ich diesen Weg gewählt. Und dann bist du in die Staaten gegangen und kamst nicht wieder. Es war alles meine Schuld."

Wieder beginnt Wyk heftig zu weinen. Ich wiege sie sanft in meinen Armen, atme ihren Duft ein und streichle über ihr Haar, bis sie sich wieder beruhigt hat.

Eng aneinander geschmiegt sitzen wir da und sagen kein Wort. Jeder hängt seinen eigenen Gedanken nach. Wäre ich doch nur nicht weggegangen. Ja, ich bin geflüchtet, weil ich es nicht verkraftet hätte, sie mit einem anderen zu sehen. Natürlich dachte ich damals, dass sie einen anderen hat. Wie hätte ich den wahren Grund auch ahnen können? Aber vielleicht hätte ich es ahnen MÜSSEN. Ich hätte um sie kämpfen müssen. Stattdessen habe ich mich in meinem Selbstmitleid gesuhlt und bin feige abgehauen, während Wyk die Hölle durchgemacht hat. Wie soll ich jemals wieder in den Spiegel blicken können?

„Kannst du mir irgendwann verzeihen?"

Meine Frage trifft Wyk überraschend.

„Aber du hast doch nie was falsch gemacht!"

„Doch! Ich bin gegangen. Ich hätte wissen müssen, dass da was nicht stimmt. Ich hätte kämpfen müssen. Stattdessen war ich nur ein Feigling."

„Nein, das darfst du dir nicht einreden! Hörst du, Leonard? Es war NICHT deine Schuld!"

Mit ihren Händen umfasst sie mein Gesicht und küsst mich. Als sich unsere Lippen wieder trennen, sind auch die Schmetterlinge in meinem Bauch wieder da.

„Und die Schwangerschaft? Woher wusstest du, dass die Babys von mir sind?"

Augenblicklich legt sich ein trauriger Schatten über Wyks Gesicht.

„Das wusste ich nicht, aber ich habe es gehofft! Als ich erfuhr, dass ich schwanger bin, brach eine Welt für mich zusammen. Ich habe lange überlegt, ob ich die Babys behalten soll oder nicht. Ich hatte eine Pro- und Kontra-Liste geschrieben und kam dann zu dem Entschluss, dass die Babys für all das ja nichts können und ich nicht das Recht habe, ihr Leben zu beenden, sondern es meine Pflicht ist, ihnen eine Chance im Leben zu geben. Natürlich hatte ich Angst, dass die zwei womöglich das Resultat jener Nacht sind, aber ich habe gehofft und gebetet, dass sie sozusagen dein Abschiedsgeschenk beziehungsweise Andenken sind."

Wyks Blick wirkt nun verträumt und liebevoll.

„Ja, ich hatte Angst und noch mehr Zweifel, bis ich die beiden zum allerersten Mal erblickte. Es war nicht nur Liebe auf den ersten Blick, nein, mit dem Tag ihrer Geburt wusste ich, dass sie das Vermächtnis unserer Liebe sind. Und nun sieh sie dir an! Diese Ähnlichkeit ist das Größte. Jeden Tag, wenn ich meinen Sohn ansehe, sehe ich dich."

Der Kuss, der nun folgt, ist leidenschaftlicher denn je.

Fakt ist, ich liebe diese Frau immer noch und diesmal werde ich sie nicht einfach so aus meinem Leben wieder gehen lassen!

Kapitel 22

„*W*issen die beiden eigentlich von mir?"

Plötzlich ist es mir enorm wichtig, was meine Kinder über mich denken. Auch wenn ich Wyk nicht zutraue, dass sie mich als den bösen Vater hingestellt hat, der sie sitzen gelassen hat, bin ich mir nicht sicher, was womöglich Kinder in solch einer Situation empfinden.

„Sie kennen die Wahrheit und du bist schon immer ein fester Bestandteil unseres Lebens."

Verblüfft schaue ich Wyk in die Augen.

„Denken sie nicht, ich habe euch im Stich gelassen?"

„Nein, natürlich nicht! Ich habe ihnen immer nur Gutes von dir erzählt. Wieso hätte ich auch etwas anderes erzählen sollen? Sie wissen auch, dass du nichts von ihrer Existenz wusstest. Vor circa einem Jahr habe ich ihnen die Wahrheit darüber erzählt, warum ich mich von dir getrennt hatte. Ich wollte sie nicht belügen und sie haben mich verstanden. Weißt du, du bist fast jeden Tag Thema bei uns. Wir…"

Wyk macht eine bewusste Pause und ich begreife ihre Worte.

„Wir haben nach dir gegoogelt. Ihren Freunden erzählen sie, dass ihr Dad in Amerika lebt. Als ich ihnen am Sonntag erzählt habe, dass ich dich getroffen habe, war besonders Myra ganz aufgeregt und wollte alles wissen. Natürlich waren beide sehr erschüttert, als ich ihnen von deinem Motorradunfall erzählt habe. Ich hoffe, es ist okay für dich, dass ich es weitererzählt habe?"

„Ja, natürlich."

Meine Stimme ist rau. Was würde ich jetzt für ein Schlückchen Wasser geben. Die ganze Szenerie, hier mit Wyk zu sitzen und über ihre – unsere – Kinder zu reden, kommt mir so unwirklich vor.

„Myra hätte dich am liebsten sofort kennenlernen wollen, aber Jordan hat sie gebremst und gemeint, es wäre besser, wenn ich dich erst schonend auf die beiden vorbereite. Auf jeden Fall hat Myra dich heute in der Stadt gesehen und das hat sie mir vorhin am Telefon erzählt."

„Myra war also dein Schatz?"

„Ja! Sie und Jordan, sind mein ein und alles."

„Ich würde sie gern kennenlernen!"

Erfreut und erstaunt gleichermaßen blickt Wyk mich an.

„Ehrlich?"

„Ja klar! Wieso denn nicht?"

„Naja, die meisten Männer wären schockiert über solch eine Nachricht oder stinksauer."

Ich umarme Wyk fester und schmiege mich an sie.

„Ich war noch nie wie die meisten."

Kapitel 23

*D*iese Nervosität bringt mich noch um den Verstand.

Den ganzen Tag habe ich schon darüber nachgedacht, wie ich mich meinen Kindern gegenüber verhalten soll. Wie soll ich sie begrüßen? Was soll ich ihnen sagen? Was, wenn wir uns nichts zu sagen haben?

Eigentlich hatte ich vorgehabt, mich mit Arbeit abzulenken, aber ich konnte mich einfach nicht konzentrieren. Immer wieder spielte ich die verschiedenen Situationen in melnem Kopf durch, mit dem Resultat, dass ich immer nervöser wurde.

Eine halbe Stunde früher als verabredet, fahre ich zu dem mir zugewiesenen Tisch im hinteren Bereich des Hotelrestaurants. Ich habe es einfach nicht mehr in meinem Zimmer ausgehalten.

Wyk und ich waren uns einig, dass wir das erste Treffen lieber an einem Ort arrangieren sollten, an dem wir uns ungestört unterhalten können, ohne Gefahr zu laufen, jemandem zu begegnen, der uns womöglich kennt. Gerne wäre ich zu Wyk nach Hause gekommen, doch sie wohnt im zweiten Stock in einem Münchener Altbau, der weder barrierefrei noch rollstuhlgerecht ist.

Wenn ich jetzt mein Empfinden beschreiben soll, könnte ich es nicht mal ansatzweise, denn so richtig habe ich das Ganze noch nicht realisiert, dass ich wirklich ein Daddy sein soll. Bin ich gekränkt von Wyks Verhalten? Nein, seltsamerweise überhaupt nicht. Ich hege nicht den geringsten Zweifel, dass Wyk den beiden eine liebevolle Mutter ist, die stets dafür sorgt, dass es ihnen an nichts fehlt.

Natürlich ist es schöner für Kinder, Mutter und Vater zu haben, aber im Grunde bewundere ich Wyk dafür, wie sie es ganz allein mit zwei Kindern geschafft hat. Leicht war das sicher nicht.

Den gesamten gestrigen Abend hatte Wyk von den Zwillingen erzählt. Voller Stolz und Liebe. Und laut ihren Erzählungen, war ich wirklich die ganze Zeit ein Teil in ihrem Leben, obwohl ich nicht da war.

Pünktlich um neunzehn Uhr vernehme ich Wyks Stimme am Eingang des Restaurants, noch bevor ich sie erblicke. Aufgeregt rutsche ich auf meinem Sitz hin und her. Jetzt wird es ernst!

Lächelnd kommt Wyk auf mich zu, gefolgt von zwei freundlich schauenden Teenagern. Auch ich kann nicht anders und grinse breit. Wyk umarmt mich zärtlich. Als auch Myra mich umarmt, ist mit einem Schlag sämtliche Nervosität verschwunden. Jordan reicht mir kumpelhaft die Hand.

Der gesamte Abend ist locker und ungezwungen. All meine Ängste waren völlig unbegründet. Wie selbstverständlich komme ich mit meinen Kindern ins Gespräch. Bei Außenstehenden wirken wir sicherlich wie eine ganz normale Familie und das Beste daran ist: Genauso fühlt es sich für mich an! Wyk hat wirklich ganze Arbeit geleistet bei der Erziehung der Zwillinge. Beide sind höflich, zuvorkommend, klug, nett und wirklich hübsch.

„Ich bin wirklich froh, dich endlich kennenzulernen! Mama hat so viel von euch früher erzählt. Ich möchte dir so bald wie möglich Billy vorstellen."

„Ist Billy dein Freund?"

Myra schaut verdutzt.

„Was? Nein! Billy ist doch nicht mein Freund! Er ist meine Reitbeteiligung."

„Deine was?"

Mein schockierter Gesichtsausdruck lässt Wyk und Myra laut loslachen.

„Nicht, was du schon wieder denkst!"

Wyk zwinkert mir zu.

„Billy ist ein Pferd, auf das Myra eine Pflegschaft hat. Das nennt man Reitbeteiligung."

Ihr Blick ist weich und liebevoll. Oh Mann, wie gerne würde ich sie jetzt küssen.

„Oh, okay."

Erleichtert atme ich aus, was die Mädels am Tisch wieder zum Lachen bringt.

„Lass dich nicht ärgern, Dad."

Wie selbstverständlich Jordan mich *Dad* nennt. Ein wohliger Schauer durchfährt mich.

„So sind Mädels nun mal."

Kameradschaftlich klopft Jordan mir auf die Schulter.

„Ach, sind wir so? Also, im Sommer beschwerst du dich ja auch nicht, Brüderchen."

„Ja, aber wir haben ja leider keinen Sommer mehr."

„Was ist im Sommer?"

„Na, Sommer ist die schönste Zeit im Jahr, wenn Mädchen diese Art von Hosen tragen."

Und schon wieder verstehe ich nur Bahnhof, traue mich aber nicht nachzufragen, um nicht noch mal so eine Blöße zu erfahren, wie bei der Sache mit der Reitbeteiligung.

Aufmunternd blickt Jordan mich an und scheint zu verstehen, dass ich nicht weiß, wovon er redet.

„Ich meine diese Art Hosen, die teilweise kürzer sind, als meine Boxershorts. Dazu ein bauchfreies Top und die Mädels sind perfekt gekleidet. Allerdings nicht alle. Bei manchen ist es elegant, bei anderen eher Elefant."

Ich stimme in das Lachen meiner Kinder ein und auch Wyk lächelt.

„Ich habe doch gewusst, ihr werdet euch gut verstehen", flüstert Wyk mir zu.

„Was gibt es denn da zu tuscheln?"

Myras Blick ist schelmisch.

„Ich glaube, das wollen wir gar nicht wissen. Sicher so Elternzeugs und so. Kommst du am Sonntag auch zum Spiel, Dad?"

„Was für ein Spiel?"

„Jordan hat Sonntag ein Fußballspiel."

„Wäre es dir nicht peinlich, wenn deine Freunde mich dort sehen?"

Es ist echte Panik, die mich auf einmal überkommt.

„Nein! Wieso sollte mir das peinlich sein? Du sagst manchmal echt verrückte Sachen, Dad."

„Jordan hat Recht! Wir sind stolz, dass unser Vater jetzt nicht mehr nur aus Erzählungen und Bildern besteht."

„Aber ich war nie für euch da…"

Mir versagen die Worte und ein dicker Kloß bildet sich in meinem Hals. Wyk ergreift meine Hand und formt mit ihren Lippen das Wort *sorry*. Nur wofür entschuldigt sie sich? Ich hätte damals nicht so feige sein dürfen, hätte kämpfen müssen. Ich habe diese Frau und diese zwei Kinder doch gar nicht verdient.

„Doch, das warst du! Vielleicht nicht körperlich, aber in unseren Gedanken warst du immer bei uns. Wir wissen, dass Mama dich verlassen hat und auch warum. Und wie sollst du für jemanden da sein, von dem du nichts weißt?"

Dafür, dass Myra erst sechzehn ist, kann sie wirklich gut mit Worten umgehen. Ob sie mal Anwältin werden möchte?

Ich schiebe, so gut es geht, meine Zweifel beiseite.

„Okay, wenn das so ist, komme ich natürlich gerne."

Myra fällt mir augenblicklich um den Hals und ich erkenne ebenso Freude in Jordans Gesicht. Auch Wyk schaut glücklich. In diesem Moment spüre ich sie, die Liebe, die man nur für seine Kinder empfinden kann. Es ist großartig!

„Habt ihr drei Samstag schon was vor?"

„Was ist Samstag?"

„Mein Vater, ich meine natürlich, euer Großvater heiratet da."

„Und du willst uns dabei haben?"

„Gibt es ein schöneres Geschenk?"

„Leonard, das geht nicht. Ich glaube nicht, dass dein Vater gut auf mich zu sprechen ist. Er gibt mir die Schuld und das zu Recht."

„Das kannst du gar nicht wissen."

Ich weiß, dass meine Stimme trotzig klingt. Und leider muss ich ihr zustimmen, was die Schuldzuweisung betrifft. Trotzdem! Ich will der ganzen Welt zeigen, dass ich jetzt ein Vater bin. Ich war mir, glaube ich, einer Sache noch nie so sicher.

„Doch, ich weiß es! Ich war damals bei ihm. Du warst gerade weggegangen und ich hatte erfahren, dass ich schwanger bin. Es gab da einen Moment, da wollte ich es dir mitteilen, also war ich bei ihm. Du hättest sein Gesicht sehen sollen, Leonard. Es war so voller Kummer, Traurigkeit und Hass."

„Also hat er…"

„Nein, Leonard! Ich habe es ihm nicht gesagt. Und ich gebe ihm keine Schuld! Und das solltest du auch nicht!"

Ich weiß, dass Wyk Recht hat.

„Okay, dann also keine Hochzeitsüberraschung. Ein anderer Vorschlag: Ich treffe mich morgen Abend mit ihm und seiner zukünftigen Frau, um diese kennenzulernen. Wie wäre es, wenn ihr da dazu kommt? Bitte, Wyk!"

Hoffnungsvoll ergreife ich Wyks Hand, die sie zu meiner großen Freude nicht wegzieht. Ich schaue von Wyk zu den Zwillingen. Jordan zuckt mit den Schultern und Myra nickt zaghaft.

„Na schön, dann soll es so sein."

Wyk klingt zwar wenig überzeugt, aber das ist mir egal. Schwungvoll ziehe ich sie in meine Arme und gebe ihr einen Kuss.

Jubel und Klatschen holt mich in die Realität zurück. Wyk errötet. Ich kann nicht anders, als meine Kinder anzugrinsen, die immer noch applaudieren.

Kapitel 24

Lächelnd tritt Frederike mir gegenüber und reicht mir die Hand. Ohne weiter darüber nachzudenken, ergreife ich diese und hauche ihr einen Kuss auf ihre Fingerknöchel. Augenblicklich errötet Frederike, bevor sie mir ihre Hand wieder entzieht.

„Man merkt sofort, dass er dein Sohn ist, Benedict."

Liebevoll lächelt Frederike meinen Vater an. Ich muss zugeben, die zwei passen optisch ganz hervorragend zusammen. Mein Vater ist wie immer elegant gekleidet: Dunkelbrauner Anzug, hellgelbes Leinenhemd, Krawatte. Dieser Look schmeichelt seinem faserigen Körper optimal und trotz seiner graumelierten Haare, sieht man ihm sein wahres Alter nicht an. Ebenso strahlt Frederike Eleganz und Grazie aus in ihrem bernsteinfarbenen Abendkleid. Ihre Figur ist weder dünn noch mollig. Griffig, würde ich sagen, ist die richtige Bezeichnung. Das rote Haar geht ihr bis zu den Schultern und ihre Augen funkeln lebhaft. Was ich wirklich großartig finde, ist, dass Frederike, genau wie Wyk oder Erin, kaum Make-up trägt. Es geht doch nichts über natürliche Schönheit. Auch Frederikes Alter lässt sich nur schwer schätzen.

„Wieso sitzen wir denn an so einem riesigen Tisch?"

Mein Vater holt mich mit seiner Frage aus meinen Gedanken, sodass ich erst gar nicht verstehe, was genau er meint. Dann dämmert es mir.

„Ich habe noch jemanden eingeladen. Als Überraschung sozusagen."

Breit grinse ich meinen Vater an. Sein verwirrter Blick sagt mehr als tausend Worte.

„Was für eine Überraschung?"

„Das wird noch nicht verraten! Warte es ab."

Aufmerksam lausche ich Frederikes Erzählungen aus ihrem Leben. Wie ich erfahre, hat sie vier Kinder in meinem Alter. Immer wieder schaue ich auf meine Uhr. Wo bleiben die drei nur? Ob Wyk doch noch kalte Füße bekommen hat?

Doch dann erblicke ich sie!

Lächelnd kommen die Zwillinge auf mich zu und begrüßen mich mit einer Umarmung.

„Vater, darf ich dir vorstellen, dass sind Myra und Jordan, meine Kinder, wie unschwer zu erkennen ist."

Mein Vater ist kreidebleich geworden und zu keinem Wort fähig. Wie mechanisch ergreift er die Hände der Zwillinge nacheinander und schüttelt sie zum Gruß. Frederike erholt sich als erste von der Neuigkeit. Sie begrüßt die Zwillinge warmherzig und bittet sie, sich zu setzen.

„Wo ist eure Mutter?"

Myra beugt sich zu mir und flüstert: „Mama kommt nach. Es gab Probleme im Laden."

„Okay."

„Seit wann?"

Benedict Eckerts scheint wie in Trance.

„Ich weiß es seit Montag."

Dann herrscht Stille. Niemand sagt auch nur ein Wort. Stumm blickt mein Vater von Jordan zu Myra und dann zu mir. Die Stimmung ist angespannt und explosiv. Keiner riskiert es zu reden. Die Stille ist peinlich, aber ich wage es nicht, sie zu brechen.

„Hallo, bitte verzeiht die Verspätung."

Wyk haucht mir einen Kuss auf die Wange und augenblicklich durchströmt mich ein Gefühl, dass nun alles gut wird.

„Herr Eckerts!"

Wyk reicht meinem Vater die Hand, die er nur widerwillig ergreift. Danach stellt sie sich bei Frederike vor und lächelt freundlich.

„Setz dich doch."

Im Gegensatz zu Wyk fällt mir das Lächeln nicht so leicht.

„Herr Eckert, wie geht es Ihnen? Sie sehen wirklich gut aus!"

Mein Vater räuspert sich und wirkt sichtlich verlegen.

„Danke, gut. Und dir, Wyk? Ist es überhaupt okay, wenn ich immer noch *du* sage? Du bist eine wirklich hübsche junge Frau geworden, aber hübsch warst du ja schon immer."

„Danke, Sie machen mich ganz verlegen, Herr Eckerts. Selbstverständlich ist *du* in Ordnung für mich. Jordan und Myra wurden Ihnen vorgestellt?"

„Ja, nur muss ich diese Neuigkeit erstmal verdauen."

Verständnisvoll nickt Wyk meinem Vater zu und ich erkenne, dass das Eis zwischen ihnen zu schmelzen beginnt.

„Wieso hast du die beiden so lang geheim gehalten? Mensch, Wyk, du hättest doch nur zu mir kommen brauchen, ich hätte dir doch geholfen."

Mühsam presse ich meine Lippen aufeinander, um nicht zu verraten, dass Wyk genau das damals versucht hatte. Nein, ich möchte nicht, dass mein Vater sich Vorwürfe macht oder womöglich sogar ein schlechtes Gewissen bekommt. Man kann die Zeit ja doch nicht zurückdrehen.

„Das wollte ich nicht! Wenn es wirklich nötig gewesen wäre, hätte ich es meinen Kindern zuliebe getan, aber ich musste es für mich allein schaffen und das habe ich auch."

Wyks Blick zeigt Stolz und dazu hat sie auch alles Recht der Welt.

Während der nächsten Stunden entspannt sich die gesamte Atmosphäre zusehends. Myra erzählt von ihren Zukunftsplänen, dass sie, ihren Großvater als Vorbild, einmal Staatsanwältin werden möchte. Als mein Vater das hört, leuchten seine Augen vor Begeisterung.

„Und du, junger Mann? Was ist dein Ziel?"

„Journalismus interessiert mich. Mit meinem besten Freund Jonathan leite ich an unserer Schule die Schülerzeitung und dieses Jahr haben wir sogar einen Preis erhalten, für die beste Schülerzeitung Deutschlands. Das ist voll mein Ding."

Anerkennend hebe ich die Augenbrauen und nicke.

Das ist der Wahnsinn! Obwohl ich die Zwillinge erst so kurz kenne, empfinde ich Stolz und echte Zuneigung für meine Kinder. Wenn ich das Empfinden beschreiben sollte, wüsste ich keine Worte dafür, aber ich nehme an, es ist Vaterliebe.

Mein Blick wandert zu Wyk, die sich gerade sehr angeregt mit Frederike unterhält. Wie schön sie ist. Dieser Gedanke lässt mich nicht mehr los. Ich hänge förmlich an Wyks Lippen, auch wenn ich keines ihrer Worte verstehe.

Kapitel 25

„Ich habe deinen Vater noch nie so lebendig erlebt. Er scheint die Zwillinge direkt in sein Herz geschlossen zu haben."

„Wundert dich das etwa? Die zwei sind ja auch wirklich fantastisch! Und auch für dich hegt er noch dieselbe Sympathie wie früher. Also von Gräuel habe ich nichts gemerkt. Du etwa?"

„Nein, du hast Recht. Aber weißt du, was mir aufgefallen ist? Du hast mich heute noch gar nicht richtig geküsst."

Wyk zieht einen Schmollmund. Bei diesem Anblick wird mir nicht nur warm ums Herz, sondern eine Hitzewelle durchströmt meinen gesamten Körper.

„Wieso muss ich das denn immer tun? Außerdem hattest du doch den ganzen Abend nur Augen für meinen Vater", necke ich sie, obwohl es mir wirklich schwer fällt, mich so cool zu geben.

Empört öffnet Wyk den Mund. Noch bevor sie etwas sagen kann, ziehe ich sie zu mir auf meinen Schoß, bedecke mit meinen Lippen die ihrigen und küsse sie leidenschaftlich.

„Komm mit mir!"

„Wohin? Nach Amerika?"

Wyk schaut mich fassungslos an.

„Eigentlich meinte ich ja mein Hotelzimmer, aber die Sache mit Amerika finde ich auch verlockend."

Grinsend blicke ich Wyk an. Ihr entsetztes Gesicht ist Goldstücke wert.

Als ich erwache, liegt Wyk nicht mehr neben mir. Wie lang ist es her, dass eine Frau vor mir wach geworden ist? Gab es das überhaupt schon mal?

Langsam fahre ich mit der Hand über das Laken. Es fühlt sich kalt an. Kurz halte ich inne. Hatte ich womöglich nur von einer Liebesnacht mit Wyk geträumt?

Traurig setze ich mich auf und entdecke dabei den kleinen Zettel auf dem Kopfkissen neben meinem.

Liebster Leonard,

bitte verzeih, ich konnte einfach nicht bleiben.
Ich muss früh den Laden öffnen, aber vor allem habe ich es nicht fertiggebracht, die Kinder allein zu lassen. Natürlich sind sie schon groß und sicherlich hätten sie auch gewusst, wo ich bin, aber ich habe sie noch nie einfach so über Nacht allein gelassen, das sind sie nicht von mir gewöhnt.
Ich hoffe, du verstehst mich.
Die letzte Nacht mit dir war schöner als in meiner Erinnerung.

Bis hoffentlich bald
Wyk

Lächelnd falte ich den Zettel zweimal und küsse ihn. Ich habe also doch nicht geträumt.

Die letzte Nacht war nicht nur voller Leidenschaft gewesen, sondern gefüllt mit Liebe. Mit einem Schlag wird mir klar, dass ich mein Leben nie wieder ohne Wyk verbringen will.

Die vergangenen siebzehn Jahre waren die einsamsten überhaupt. Ich glaube, noch mal könnte ich das nicht überleben.

Aber eins steht fest, diesmal werde ich um sie kämpfen, ein zweites Mal werde ich nicht so feige sein.

Kapitel 26

Seit einer Stunde beobachte ich nun schon das rege Treiben im "le jomy". Ob an einem Freitag hier immer so viel los ist? Durch die Schaufensterscheibe kann ich Wyks Gestalt schemenhaft deuten.

Es ist bereits nach achtzehn Uhr, als Wyk aus dem Blumengeschäft tritt. Die einströmenden Sonnenstrahlen lassen sie blinzeln und ihr Haar bekommt einen goldenen Schimmer. Sie gleicht einem Engel und augenblicklich schlägt mein Herz schneller.

Geschäftig räumt Wyk alle Pflanzen und Dekoartikel ins Ladeninnere und ist dabei so in ihre Arbeit vertieft, dass sie mich gar nicht bemerkt. Eine Weile schaue ich ihr noch zu, dann nähere ich mich ihr von hinten, umfasse ihre Hüften und ziehe sie mit einem Ruck auf meinem Schoß. Erschrocken kreischt Wyk laut auf.

„Du…"

Ich ersticke ihre Worte in einem langen ungezähmten Kuss. Als sich unsere Lippen trennen, schmecke ich noch immer ihre Süße.

„Hi, na du!"

Meine Stimme droht zu versagen, denn ich bin übermannt von meinen eigenen Gefühlen für diese Frau.

„Selber: Na du! Musst du mich so erschrecken?"

„Tut mir leid! Wie kann ich es wieder gut machen?"

Ich setze einen Hundeblick auf, aber mein schelmisches Grinsen verrät mich.

„Ich weiß nicht. Was schwebt dir vor?"

Mit gekonntem Augenaufschlag schaut Wyk mich an. Lernen Frauen das eigentlich irgendwo, so zu blicken oder bekommen sie diese Gabe direkt mit in die Wiege gelegt? Fakt ist, ich bin augenblicklich Wachs in ihren Händen.

„Was bedeutet eigentlich *le jomy*?"

„Weißt du, in dem Laden steckt alles, was mir lieb und wichtig ist. Das le steht für Leonard, jo für Jordan und my für Myra. *le jomy…* Dass die Leute neugierig werden, was sich hinter diesem doch außergewöhnlichen Namen für ein Blumengeschäft versteckt, ist natürlich ein netter Nebeneffekt."

„Und was sagst du den Leuten, wenn sie fragen?"

„Dass sich hinter dem Namen eine große Liebesgeschichte verbirgt. Mehr sage ich nie dazu, aber das reicht ihnen auch als Begründung. Der große Mythos Liebe."

Wyk zwinkert mir zu. In diesem Augenblick wird mir die Bedeutung ihrer Worte bewusst. *Dahinter steckt eine große Liebesgeschichte.* Ich schlucke schwer und kann die Träne nicht mehr zurückhalten, die sich einen Weg ins Freie bahnt.

„Oh Gott, Leonard! Was ist los, habe ich was Falsches gesagt?"

Ich sehe die Angst in Wyks Augen und wische mir hastig übers Gesicht. Ich hasse es, manchmal so verweichlicht zu sein. Hastig ergreife ich Wyks Hand und küsse ihre Fingerknöchel einen nach dem anderen.

„Hey, nein, alles gut. Es klingt nur so schön, ein Teil einer *großen Liebesgeschichte* zu sein."

Deutlich kann ich sehen, wie Wyk sich wieder entspannt und leicht errötet lächelt.

„Ich habe nie aufgehört dich zu lieben."

Verlegen kaut Wyk auf ihrer Unterlippe herum.

Es wäre gelogen, würde ich jetzt behaupten, dass es bei mir genauso der Fall gewesen ist. Viel zu lange hatte ich mich in meinem eigenen Selbstmitleid gesuhlt. Das war die Zeit, in der ich nur vergessen wollte. Erst als der Herzschmerz verebbt war und der Gedanke an Wyk nicht mehr wehtat, hatte ich begonnen, wieder zu leben und hatte mich auch mit anderen Frauen getroffen. Jedoch nicht aus Liebe, sondern es geschah, um es mir selbst zu beweisen und auch, um meine Triebe zu befriedigen. Dabei hatte Wyk aber immer einen festen Platz in meinem Herzen, denn Nähe oder Gefühle zu anderen Frauen hatte ich nie zugelassen. Kurz kommt mir Maggy in den Sinn, aber diesen Gedanken schiebe ich schnell wieder weg. Das war keine Liebe. Maggy war nicht echt. Es hatte einfach keine in mein Herz geschafft.

„Ich..."

„Nein, Leonard! Ich erwarte keine Antwort oder Beteuerung deiner Gefühle von dir. Ich weiß, ich habe dir sehr wehgetan."

Wieder ergreife ich Wyks Hand und schaue ihr dabei ganz tief in die Augen.

„Ich liebe dich! Schon immer oder schon wieder. Keine Ahnung, aber eigentlich ist das nicht wichtig, sondern nur, dass es für immer sein soll."

Zärtlich wische ich die Tränen von Wyks Gesicht und ziehe sie dann auf meinen Schoß, um sie zu küssen. Alles fühlt sich so vertraut an und trotzdem so neu. Millionen von Schmetterlingen flattern durch meinen Bauch, genau wie damals, bei unserem ersten Kuss…

„Ich schwöre dir eins, Marc, wenn ich die Geschichtsarbeit heute nicht verhauen habe, gehe ich zu ihr hin und werde sie küssen."

„Du willst die Hubert küssen?"

„Was? Quatsch, doch nicht die Hubert! Ich meine natürlich Wyk!"

„Das weiß ich doch!"

Marc bricht in schallendes Gelächter aus.

„Haha, sehr witzig!"

Ich ziehe eine grimmige Grimasse und knuffe meinem besten Freund in die Seite.

„Au, lass das! Ich versteh ja nicht, wieso du das von einer Geschichtsarbeit abhängig machst."

„Als Anreiz."

„Pah, eher als Ausrede."

Leider muss ich Marc innerlich Recht geben, was ich natürlich nie vor ihm zugeben würde.

Jeden Tag beobachte ich Wyk heimlich von weitem. Ich liebe ihre anmutigen Bewegungen, ihre Stimme, einfach alles an ihr. Leider bin ich nicht der einzige, der etwas für sie empfindet, aber bisher habe ich sie mit noch keinem Jungen gesehen.

„Hui, ich würde mal sagen, jetzt musst du ran!"

Lachend zieht Marc mir meine Geschichtsarbeit aus der Hand.

„Eine glatte Eins! Wenn das mal kein Zeichen ist."

„Aber ich kann doch nicht einfach..."

„Sag bloß, du willst kneifen?"

Ich hasse Marc mit seinem selbstgefälligen Grinsen. Für nichts auf dieser Welt würde ich mir jetzt vor ihm die Blöße geben. Also straffe ich die Schultern und gehe erhobenen Hauptes auf Wyk zu, die inmitten einer Mädchentraube steht.

Mein Herz rast wie wild und droht zu zerspringen, aber ich muss das jetzt durchziehen, um nicht als Gespött Aller zu enden.

Kurz vor meinem Ziel werden meine Schritte langsamer. So lässig wie möglich schiebe ich mich an den Mädchen vorbei und steuere direkt auf Wyk zu. Unmittelbar vor ihr bleibe ich stehen, nehme ihr Gesicht zwischen meine Hände und küsse sie. Erst zaghaft, dann immer leidenschaftlicher. Dieser Kuss lässt meine Gefühle explodieren und Millionen Schmetterlinge flattern durch meinen Bauch.

Erst als der Kuss endet realisiere ich, dass Wyk ihn einfach so zugelassen hat oder besser gesagt, sie hat ihn sogar erwidert. Wow, was für ein himmlisches Gefühl und wie gut sie schmeckt.

Ich blicke in ihre blauen Augen und könnte mich sogleich in ihnen verlieren.

„Was war denn das?"

Ihre Stimme klingt außer Atem.

„Mein Lohn!"

„Hey, bei wem oder was bist du gerade mit deinen Gedanken?"

„Nur bei dir."

Zärtlich küsse ich Wyks Nasenspitze.

„Weißt du schon, was du morgen anziehen wirst?"

„Ja! Aber ich verrate dir nicht was."

„Wenn du zu sexy gekleidet bist, werde ich die Finger nicht von dir lassen können", warne ich sie und verleihe meinen Worten mehr Ausdruck, indem ich meine Hand unter ihr Shirt fahren lasse.

„Du bist wirklich unmöglich, Leonard Eckerts!"

Überschwänglich legt Wyk ihre Hände um meinen Hals und küsst mich mit einer Intensität, dass ich alles um mich herum vergesse.

Kapitel 27

Stolz schreitet die Braut, geführt von ihrem ältesten Sohn Conrad, auf den Traualtar zu, wo mein Vater sie schon sehnsüchtig erwartet.

Frederikes weißes Kleid ist schlicht geschnitten und reicht ihr bis knapp unter die Knie. Ihre roten Locken wippen fröhlich zu jedem ihrer Schritte. In der Hand hält sie ein kleines buntes Blumenbukett. Sie sieht so glücklich aus, genau wie mein Vater, der mit der Sonne um die Wette zu strahlen scheint.

Mein Vater trägt einen dunkelblauen Anzug und sieht wie eh und je elegant aus.

Nach dem *Ja*-Wort, reiche ich meinem Vater die Ringe und es folgt ein feuriger Kuss. Wenn ich mal siebzig bin, will ich auch noch so küssen, beschließe ich für mich. Automatisch sucht mein Blick Wyks, die meine Gedanken zu erahnen scheint, denn sie errötet sogleich.

Bing, bing... ertönt es, als mein Vater mit einem Silberlöffel gegen sein Kristallglas schlägt. Augenblicklich herrscht Ruhe im Saal.

„Meine lieben Gäste, ich bin erfreut, dass ihr so zahlreich erschienen seid, um einen der schönsten Tage in meinem doch nicht mehr ganz so jungen Leben mit mir zu feiern. Ich bin überzeugt, dass es auch in Frederikes Sinne ist, mich an dieser Stelle erstmal bei euch allen zu bedanken."

Zustimmend nickt Frederike ihrem Mann zu und klatscht dann in ihre Hände. Auch die Gäste bekunden ihren Beifall.

„Danke, danke! Doch schenkt mir bitte noch einen Moment eure Aufmerksamkeit, bevor das Fest weitergeht, denn ich habe etwas zu verkünden."

Ein neugieriges Raunen hallt durch den Saal, dann herrscht Stille.

„Heute ist nämlich nicht nur der Tag meiner Hochzeit, den ich mit euch allen feiern möchte, sondern auch der Zeitpunkt, meinen verlorengeglaubten Sohn Leonard wieder willkommen zu heißen."

Augenblicklich fühle ich mich beobachtet und ich ahne, was als nächstes kommen wird.

„Und nicht nur ihn! Sondern ich möchte die Gelegenheit nutzen, um auch meine reizende Schwiegertochter Wyk und meine zwei Enkelkinder Jordan und Myra in unserer Familie zu begrüßen."

Demonstrativ blickt Benedict Eckerts zu mir und applaudiert. Instinktiv ergreife ich Wyks Hand und nicke aufmunternd den Zwillingen zu, die sichtlich verlegen zu Boden schauen. Plötzlich sind alle Blicke auf uns gerichtet, auf mich und meine Familie. Diese Erkenntnis trifft mich wie ein Schlag: Ich bin nicht länger Single, sondern ich habe eine richtige Familie. Eine richtig echte. Alle Leute um uns stimmen in den Applaus ein.

„Familie… Das klingt schon irgendwie total toll."

Liebevoll ziehe ich Wyk ein Stück näher an mich heran und küsse ihre Nasenspitze.

„Oh, sagen Sie nur, Herr Eckerts, Sie werden auf Ihre alten Tage noch sentimental. Nicht, dass du mir gleich nen Antrag machst."

Wyks Blick ist provozierend.

„Nun, Miss Jeannie, Sie müssten sich als erstes selbst erstmal einig sein, ob Sie mich duzen oder siezen wollen. Und als zweites werde ich Ihnen garantiert keinen Antrag aus einer sentimentalen Laune herausmachen."

Mein Gesichtsausdruck ist ernst, aber meine Augen verraten mich. Augenblicklich bricht Wyk in schallendes Gelächter aus. Dann wird ihr Blick wieder ernst.

„Wann fliegst du zurück?"

„Nächste Woche, aber ich verspreche dir, ich bleibe nicht lang weg. Ich muss ein paar Dinge regeln, aber ich lasse euch nur so lang allein, wie nötig ist und danach nie mehr."

„Ist das wirklich wahr? Du kannst doch nicht wegen uns alles aufgeben!"

„Wieso nicht? Ich will und kann ohne euch nicht mehr leben. Mich hält nichts in Sacramento. Ihr seid das, was ich brauche im Leben."

Zärtlich wische ich Wyk die Träne fort, die ihr über die Wange rollt.

„Es sei denn, du möchtest mich nicht bei dir haben."

„Leonard Eckerts, du bist wirklich ein Quatschkopf."

Schwungvoll wirft Wyk ihre Arme um mich und küsst mich so innig, dass mir fast schwindelig wird.

Kapitel 28

Das kleine Fußballstadion ist gefüllt mit Fans beider Mannschaften. Ich bin zwar kein Fußballexperte, aber was sich da auf dem Rasen abspielt, gleicht für mich Profiniveau.

Auf der Tribüne neben Wyk, Myra und mir sitzen mein Vater und Frederike. Beide tragen Basecaps mit Aufdruck des Vereinssymbols von Jordans Fußballmannschaft. Eine Flut von Neid durchströmt mich. Warum zum Henker haben die zwei so Kappen und ich nicht? Ich koche innerlich, versuche mir aber nichts anmerken zu lassen.

„Hey, was ist los?"

„Nichts! Was sollte denn sein?"

„Du schaust wie ein Vegetarier im Schlachthaus."

Wyk mustert mich kritisch.

Wie macht sie das nur? Warum weiß sie immer, wenn etwas nicht stimmt? Kurz überlege ich, mich mit einer Ausrede rauszureden, doch mir ist klar, dass mir das sowieso nicht gelingt.

„Wieso haben die zwei so ein Basecap und ich nicht?"

Um meinen Worten Nachdruck zu verleihen, zeige ich schmollend auf meinen Vater und seine Frau.

„Nicht dein Ernst! Wie alt bist du, Leonard?"

Wyk wendet sich lachend an Myra und flüstert ihr etwas zu. Diese steht auf, zwinkert mir zu und geht dann Richtung Spielerumkleide.

„Das ist nicht lustig! Er ist mein Sohn, nicht seiner."

„Bist du etwa eifersüchtig?"

Bevor ich antworten kann, kehrt Myra mit drei weiteren Basecaps zurück. Sie reicht eins mir und eins ihrer Mutter. Das letzte setzt sie sich selbst auf den Kopf.

„Besser?"

Ich nicke und schäme mich für mein Benehmen von eben.

„Dad, siehst du die Mädchen da unten am Spielfeldrand? Die sind alle nur wegen Jordan da. Sein eigener kleiner Fanclub quasi."

„Ach echt? Jordan kommt mir gar nicht vor wie so ein Schwerenöter."

„Ist er ja auch nicht, aber er hat diese Wirkung auf Frauen. Mama sagt immer, das hat er von dir. Du hast und hattest die Macht auch schon immer."

„Das stimmt doch gar nicht!"

Entsetzt blicke ich Wyk an. Wie kann sie nur so etwas von mir sagen.

„Das ist doch nichts Schlimmes, solange man nicht mit den Gefühlen der anderen spielt. Jordan tut es auf jeden Fall nicht. Bisher konnte keine bei ihm landen."

„Echt, nicht eine?"

„Nein, also ich wüsste von keiner. Aber ich kann ihn verstehen. Gerade diese Groupies sind echt nervig. Einige sind zwar ganz nett, aber die meisten sind… ähm… billig? Ja, ich denke, billig ist die richtige Beschreibung. Sie steigen mit jedem gleich ins Bett."

Myras Blick ist angewidert.

„Und eine ist sogar mal voll ausgerastet, weil Jordan mit mir geredet hat. Kann man das glauben? Die dachte echt, ich wäre seine Freundin."

Die Erinnerung an dieses Mädchen scheint Myra zu amüsieren, denn ihre Augen funkeln schelmisch.

„Das war ihr dann sicher peinlich, als sie die Wahrheit erfuhr."

„Nö, wir haben sie in dem Glauben gelassen!"

„Oh je, leg dich nicht mit den Zwillingen an."

„Genauso ist es!"

Myras Lachen ist warm und herzlich.

„Und was ist mit dir? Wo ist dein Fanclub?"

„Ich habe keinen. Ein einziger würde mir schon reichen."

Augenblicklich errötet meine Tochter und ihr Blick huscht über die Zuschauermenge.

„Ist er auch hier?"

„Nein, ich glaube nicht. Aber es ist eh hoffnungslos. Er weiß gar nicht, dass es mich gibt."

Ich nicke, denn was soll ich darauf denn antworten? Wyk ist da sicher die bessere Ansprechpartnerin. Ob sie von Myras unglücklicher Liebe weiß?

„Schon gut Dad, mach dir mal keine Gedanken. Ich bin noch so jung."

Ja, du bist noch jung, aber vor allem bist du klug und schön, genau wie deine Mutter – hallt es durch meinen Kopf.

Kapitel 29

„Du wirst mir sehr fehlen!"

Ich sehe die Tränen in Wyks Augen glitzern.

„Hey, bitte nicht weinen. Ich regle alles so schnell wie möglich und dann komme ich zurück. Du könntest mich immer noch begleiten."

Hoffnungsvoll blicke ich Wyk an, obwohl ich ihre Antwort kenne.

„Das geht nicht. Der Laden, die Kinder..."

Ein Schluchzen entschlüpft Wyks Kehle.

„Ich weiß, ich weiß. Ich bin ganz bald zurück und dann wirst du mich nicht mehr los."

Mit diesen Worten küsse ich Wyk leidenschaftlich und drehe mich dann zu meinem Vater um.

„Pass du mir gut auf die drei auf, bis ich wieder da bin."

Kameradschaftlich umarme ich meinen Vater zum Abschied. Von meinen Kindern hatte ich mich heute Morgen vor der Schule verabschiedet. Ich kann es schon jetzt kaum erwarten, endlich wieder bei ihnen zu sein.

Mein erster und zum Glück einziger Flugstopp nach über neun Stunden Flugdauer ist in Philadelphia. Hier habe ich nun zweieinhalb Stunden Aufenthalt, bevor meine Reise nach Sacramento weitergeht.

Mein Blick auf die große Wanduhr lässt mich schmunzeln, denn es ist jetzt gerade fünfzehn Uhr zwanzig. Als ich in München losflog, war es zwölf Uhr fünfzehn. Wenn planmäßig alles klappt, werde ich um zwanzig Uhr dreiundvierzig in Sacramento landen. Und das, obwohl nochmal sechs Stunden Flugzeit vor mir liegen. Faszination Zeitverschiebung.

Ich lenke meinen Rollstuhl an den Rand der Wartehalle. Direkt vor der großen Panoramascheibe bleibe ich stehen und verweile einen Moment. Was Wyk jetzt wohl macht?

Ich seufze und klappe meinen Laptop auf. Das Bild, was sich mir zeigt, nachdem ich ihn hochgefahren habe, lässt mein Herz schneller schlagen. Es zeigt Wyk und die Kinder, wie sie breit in die Kamera grinsen. Augenblicklich vermisse ich die drei schmerzlich.

Mit ein paar schnellen Klicks wähle ich mich im WLAN-Netz des Flughafens ein und schon baut sich meine Internetstartseite auf. Wunderwelt Technik.

Seltsam, bis vor nicht allzu langer Zeit hatte sich mein Leben fast ausschließlich online abgespielt und nun muss ich mich regelrecht dazu zwingen, wenigstens meine Mails abzufragen. Eigentlich müsste ich Margret dafür danken, denke ich spöttisch.

Oh krass, zweiundvierzig ungelesene Mails. Über die Hälfte ist aber Werbung, stelle ich fest. Zwei Nachrichten sind von Sue, eine von Ivy und fünf von Soda. Die restlichen sind beruflicher Natur.

Ich klicke nacheinander die Nachrichten von Sue an und lese:

»Hi Leo! Ich *wollte* mich mal wieder melden und fragen, wie es dir so geht. Lass doch mal wieder von dir hören. Wo treibst du dich nur wieder rum? Kussi Sue«

»Tze tze tze du hast mich schon vergessen…«

Typisch Sue. Ich unterdrücke ein herzhaftes Lachen und antworte:

»Sue, wie könnte ich dich vergessen? Momentan bin ich in Philadelphia und warte auf meinen Anschlussflug nach Hause. Es hat sich viel ereignet in letzter Zeit, aber das berichte ich dir mal bei Gelegenheit in Ruhe. Kussi back Leonard«

Na, das war doch gar nicht so schwer. Nächste Nachricht:

»Hey, mein Göttlicher! Ich vermisse dich grad ganz besonders. Du glaubst mir nicht? Beweisfoto ist im Anhang. Hab dich mehr lieb!«

Ich klicke auf das Foto und schließe es sofort wieder. Nein, eine Flughafenwartehalle ist nicht der richtige Ort, um sich so ein Foto anzusehen. In meinen eigenen Gedanken halte ich inne. Es gibt gar keinen geeigneten Ort mehr für mich, um mir solche Bilder anzusehen.

»Hi Ivy! Es freut mich, dass es dir gut zu gehen scheint. In der letzten Zeit hat sich viel bei mir verändert. Unter anderem bin ich nun nicht mehr allein. Deshalb bitte ich dich, mir solche Bilder von dir nicht mehr zu schicken. Über alle anderen freue ich mich natürlich weiterhin. Bussi Leonard«

Ich hoffe nur, dass Ivy jetzt nicht wieder in ein Depressionsloch fällt durch meine Antwort. Nur,

wie hätte ich ihr so eine Nachricht schonend bei-
bringen sollen? Es ist jetzt, wie es ist. PUNKT.

So, nun zu Soda… Oh, schön, wieder neue Buchempfehlungen. Ich glaube, die werde ich mir alle
anschaffen. Wie macht sie das nur? Sie könnte
wirklich in der Werbebranche anfangen.

*»Wieso tust du mir das an? Seitdem du dich hier
online gelöscht hast, ist das Niveau so was von
gesunken. Hier mal ein paar Beispiele: „Du hast so
tolle Lippen! Willst du auf meiner Flöte spielen?“
oder „Ich sage immer: Wer nicht wagt, der nicht
gewinnt. Oder wie siehst du das? Spiele auch gern
Billard und loche gern mal ein… *grins* Spontan
ist doch immer geil. Oder? *grins* Ich bin eben
ich… Und wie bist du?“ Hat man da noch Worte?
So geht das wirklich Tag ein, Tag aus. Und das
waren noch die harmlosen Beispiele. Warum ich
mich nicht auch lösche? Ganz klar: So viel habe ich
noch nie lachen können wie über solche Pfeifen!
grins Umarm dich fest! Soda«*

*»Na so was, das Niveau war wirklich früher an-
ders? Dann bin ich Magic-Niveau-Leo *lach* Aber
mal im Ernst, so Sprüche gehen ja gar nicht… Ich
schäme mich wirklich fremd für meine Artgenos-
sen! Liebe Grüße! PS: Danke für die Buchtipps!«*

Noch zwei Stunden bis meine Reise weitergeht.
Oh Mann, die Zeit vergeht heute wirklich schlep-
pend.

Ich ziehe mein Handy aus der Tasche und wähle
Marthas Nummer. Nach dem zweiten Klingeln
vernehme ich ihre Stimme. Schnell bringt sie mich
auf den neusten Stand, was die Firma betrifft und

mir wird mal wieder bewusst, was für ein Glücksgriff Martha in meinem Leben ist.

„Okay! – Ja, ich verstehe. – Sehr gut! – Ach Martha? – Sagen Sie bitte für morgen Vormittag alle Termine ab! Ich habe etwas Wichtiges mit Ihnen zu besprechen. – Ja, alle Termine, Martha. – Super! – Bis morgen, Martha."

Perfekt, ist das also auch erledigt.

Bevor ich mein Handy wieder wegstecke, melde ich mich bei Nancy und organisiere einen Chauffeur, der mich später vom Flughafen abholen wird.

Kapitel 30

Pünktlich um neun Uhr klopft Martha an die Tür meines Büros.

„Herein!"

Martha tritt ein, begrüßt mich förmlich und bleibt dann gegenüber meines Schreibtisches stehen. In ihrem schwarzen Designerkostüm wirkt Martha sehr souverän, trotzdem kommt sie mir irgendwie nervös vor. Nur, warum?

„Sir, wir konnten in der Zeit Ihrer Abwesenheit zwei neue Großkunden dazu gewinnen. Das sind die zwei Akten links von Ihnen, Sir."

Erwartungsvoll blickt Martha mich an.

Ich werfe einen kurzen Blick auf die Verträge und bin beeindruckt.

„Das sind sehr gute Nachrichten. Aber darüber möchte ich heute Morgen eigentlich nicht mit Ihnen reden."

Noch bevor ich weiter reden kann, sehe ich die Tränen in Marthas Augen schimmern.

„Sir, ich versichere Ihnen, ich habe immer hundert Prozent während Ihrer Abwesenheit gegeben. Dass der Gilbert-Auftrag geplatzt ist, war nicht meine Schuld. Wirklich, Sir! Ich bitte Sie, feuern Sie mich nicht!"

Irritiert blicke ich sie an. Was?

„Ich denke, hier liegt ein Missverständnis vor, Martha. Das der Gilbert-Auftrag nicht zustande kam, geht auf meine Kappe. Wir konnten uns einfach nicht einigen, daher habe ich ihn vor meiner Abreise storniert. Aber ich dachte, das wissen Sie."

„Oh… Ich dachte… Ich meine… Nein, das wusste ich nicht."

Bestürzt schaut Martha zu Boden, scheinbar unfähig mir in die Augen zu blicken.

„Und selbst wenn der Gilbert-Auftrag geplatzt wäre. So was passiert. Ich frage mich nur, wie Sie darauf kommen, dass ich Sie deshalb feuern würde. Bin ich wirklich so ein Arschloch-Chef?"

Ich bin wirklich fassungslos von Marthas Meinung über mich.

„Sir, nein, das sind Sie nicht. Es tut mir leid, ich wollte Sie nicht beleidigen! Ich dachte nur, weil Sie mich plötzlich sprechen wollen, dass etwas vorgefallen sein muss."

Der ängstliche Blick in Marthas Augen trifft mich wie ein Schlag. Ich setzte mich aufrecht in meinen Rollstuhl und blicke zu Martha hinauf, die noch immer vor meinem Schreibtisch steht. Das Gespräch mit Martha läuft ganz anders als erwartet und ich begreife nicht, wie es dazu kommen konnte. Warum haben meine Mitarbeiter, insbesondere Martha, plötzlich so eine Angst vor mir?

„Bitte, Sir, Mr. Eckerts, es tut mir leid! Oh Gott, wie kann ich das nur wieder gut machen?"

Wenn es mir nicht bald gelingt, das Gespräch in die richtige Bahn zu lenken, bricht meine Assistentin womöglich noch in Tränen aus. Das will ich natürlich auf gar keinen Fall. Ich atme tief ein und wieder aus, dabei straffe ich meine Schultern.

„Schon gut, Martha! Ich denke, wir sollten nochmal bei null anfangen und das eben geführte Gespräch am besten einfach vergessen. Wie wäre es, wenn Sie für sich und mich eine Tasse Kaffee holen und wir noch einmal von vorn mit unserem Meeting beginnen?"

Erleichtert lächelt Martha mir entgegen.

„Natürlich, Sir! Danke!"

Mit diesen Worten eilt Martha aus meinem Büro. Was war das nur eben?

Ein zaghaftes Klopfen holt mich aus meinen Gedanken.

„Herein!"

„Guten Morgen, Sir. Ihr Kaffee."

Martha betritt das Büro und stellt meine Tasse vor mir auf den Schreibtisch ab.

„Bitte setzen Sie sich, Martha! Für Sie keinen Kaffee?"

„Nein, danke Sir."

Mit schüchternen Lächeln setzt sich Martha auf den weißen Ledersessel gegenüber meines Schreibtisches.

„Sie haben wirklich gute Arbeit geleistet. Und das nicht nur während meiner Abwesenheit. Ich bin wirklich froh, Sie hier in der Firma als meine rechte Hand zu wissen. Es hat sich allerdings einiges verändert in den letzten Wochen und das wollte ich mit Ihnen besprechen, denn nur wenn ich weiß, dass Sie hundertprozentig hinter mir stehen, lässt sich mein Vorhaben umsetzen."

Verblüfft schaut mich Martha an.

„Natürlich Sir, ich stehe immer hundertprozentig hinter Ihnen. Allerdings verstehe ich nicht, worauf Sie hinauswollen."

„Ich habe vor zu expandieren."

Die nächsten Stunden verbringe ich damit, Martha in meine detaillierten Pläne für eine weitere Firma in Deutschland einzuweihen, gehe mit ihr durch, welche Gelder ich aus der Firma abziehen muss und wie ich mir in etwa das Ganze vorgestellt habe. Martha hört mir stumm zu und unterbricht mich nicht ein einziges Mal.

„Und wie Sie sehen, funktioniert das Ganze nur, wenn ich weiß, dass Sie hier die Führung für mich übernehmen werden."

„Aber wieso gerade in Deutschland, Sir? Das ist so weit weg."

„Weil ich nach Deutschland zurückkehren werde."

„Oh… Und wann?"

„Sobald hier alles geregelt ist."

„Ich verstehe. Obwohl, nein, eigentlich verstehe ich gar nicht. Warum wollen Sie so schnell es geht nach Deutschland zurück? Warum plötzlich expandieren? Und warum wollen Sie die Firma ausgerechnet in meine Hände legen?"

Ich fahre um meinen Schreibtisch herum und stoppe direkt vor dem Sessel, auf dem Martha sitzt. Dann reiche ich Martha ein gerahmtes Bild.

„Das ist der Grund, warum ich so schnell wie möglich nach Deutschland zurück will."

„Sie haben Kinder, Sir?"

Ungläubig blickt mich Martha mit weit aufgerissenen Augen an.

„Ich weiß es auch erst seit kurzem. Und ich habe schon zu viel Zeit ohne die drei verbracht. Deshalb gehe ich zurück. Expandieren möchte ich, weil ich nicht möchte, dass diese Firma schließt. In ihr steckt so viel Herzblut von mir. Außerdem, was man auch nicht außer Acht lassen kann: Sie ist profitabel. Und dann sind da natürlich noch die ganzen Mitarbeiter und ihre Existenzen."

Ich nehme Martha wieder das Bild aus der Hand und stelle es auf den Schreibtisch. Dann ergreife ich Marthas Hand.

„Doch, Martha, ohne Sie schaffe ich das Ganze nicht. Ich muss die Firma in sicheren Händen wissen. Und dass Sie diejenige sind, die die Firma sicher führen kann, haben Sie schon mehr als einmal bewiesen. Sie sind die einzige, der ich vertraue und, vor allem, das Ganze auch zutraue."

Ein Lächeln zieht sich über Marthas Gesicht und lässt ihre Augen leuchten.

„Danke, Sir! Ich verspreche, ich werde Sie nicht enttäuschen!"

Zufrieden und dankbar lächle auch ich jetzt. Ich drücke Martha einen Kuss auf die Fingerknöchel, was sie erröten lässt, dann lasse ich ihre Hand los.

„Davon bin ich überzeugt! Ich lasse von Rechtsanwalt Blum einen Vertrag aufsetzen, in dem dann alles geregelt wird. Aber bitte noch kein Wort zu niemanden. Das werden alle noch früh genug erfahren."

„Ja natürlich, Sir! Kein Wort, versprochen! Danke, Sir! Und nochmals Entschuldigung wegen vorhin."

„Ich weiß nicht, was Sie meinen."

Belustigt zwinkere ich Martha zu, die augenblicklich wieder errötet, sich erhebt und zur Tür eilt.

„Ach, Martha?"

Martha dreht sich im Türrahmen nach mir um, bevor Sie die Tür öffnet.

„Ja, Sir?"

„Machen Sie sich keine Gedanken, ich bin ja nicht aus der Welt. Wenn irgendetwas ist, können Sie mich immer anrufen. Und ab und an komme ich auch hergeflogen und schaue nach dem Rechten."

Kapitel 31

Ich bin völlig erledigt, als ich am Abend von der Arbeit nach Hause komme. Geräusche aus der Küche hallen mir entgegen. Nancy ist also noch da. Aber warum um diese späte Uhrzeit?

Als sie mich bemerkt, schaut sie mich mit rotgeweinten Augen an. Bei ihrem Anblick stockt mir das Blut in meinen Adern.

„Oh mein Gott, Nancy! Was ist passiert?"

„Nichts, Sir! Es ist nur…"

Mitten im Satz bricht Nancy ab und schaut verlegen auf ihre Finger. Augenblicklich beschleicht mich das ungute Gefühl, dass ich der Grund bin, warum Nancy geweint hat.

Gedankenverloren öffne ich eine Flasche Rotwein und fülle zwei Weingläser. Mist, was mach ich da eigentlich? Wie soll ich zwei volle Gläser Wein zum Tisch bringen?

Nervös fahre ich mir mit beiden Händen durch die Haare und schaue Nancy hilfesuchend an. Diese versteht mich sofort und trägt geschickt die Weingläser zum Couchtisch. Langsam folge ich ihr.

„Nancy, bitte setzen Sie sich etwas zu mir."

Seufzend kommt meine Hausperle meiner Bitte nach und setzt sich aufs Sofa.

Einen Moment betrachte ich Nancy aufmerksam, studiere ihre Gesichtszüge und reiche ihr dann ein Weinglas. Als sie es ergreift, proste ich ihr mit meinem Glas lautlos zu.

Genüsslich nippt Nancy mit geschlossenen Augen an ihrem Wein und entspannt sich sichtlich.

„So, und nun sagen Sie mir bitte, was Sie bedrückt, Nancy."

Wieder seufzt Nancy und ihr Blick verhärtet sich. Innerlich wappne ich mich auf ihre Antwort.

„Ich versteh einfach nicht, warum Sie plötzlich weg wollen. Was soll dann aus mir werden?"

„Woher wissen Sie das?"

Verdutzt schaue ich meine Hausperle an.

„Es kam ein Fax."

Gleichgültig zuckt Nancy mit ihren Schultern.

Okay, das ist also ihr Problem.

Ich ziehe mein Portemonnaie aus meiner Jackett-Innentasche und öffne es. Kurz suche ich, bis ich mein Lieblingsbild gefunden habe. Es ist das gleiche, das ich gerahmt in meinem Büro stehen habe und Martha zuvor gezeigt hatte.

Ehrwürdig reiche ich Nancy das Foto, die es mit zitternden Fingern ergreift.

„Und genau aus diesem Grund muss und möchte ich so schnell wie möglich nach Deutschland zurück. Ich war viel zu lang nicht für die drei da und habe so viel nachzuholen."

Traurig nickt Nancy, denn sie scheint zu verstehen.

„Hübsche Kinder haben Sie, Sir."

„Ja, das habe ich!"

Voller Liebe betrachte ich das Foto.

„Und Ihre Firma, Sir?"

„Das habe ich heute Morgen mit Martha besprochen. Ich habe vor zu expandieren. Das heißt, ich

138

möchte eine Tochterfirma in Deutschland eröffnen. Mit Martha hier in der Führung dürfte das ein Kinderspiel werden."

„Ja, Sir. Nur was wird aus mir?"

Nancy scheint die Frage eher an sich selbst zu stellen, als an mich, denn ihre Stimme gleicht einem Wispern.

„Ganz ehrlich? Am liebsten würde ich Sie bitten, mich zu begleiten."

Nancy bricht in freudloses Lachen aus und verstummt dann wieder.

„Sir, bei allem Respekt, wir wissen doch beide, dass das nicht geht. Ich könnte doch nie meine Kinder und Enkelkinder zurücklassen."

„Diese Antwort habe ich befürchtet, Nancy."

Meine Stimmung ist jetzt betrübt. Natürlich möchte ich Nancy nicht im Stich lassen. In ihrem Alter ist es sicher nicht einfach, nochmal eine gute Anstellung zu finden. Doch wie könnte ich ihr schon helfen? Mit einer Abfindung vielleicht. Aber sicher wird Nancy nie Geld von mir annehmen, dafür ist sie viel zu stolz.

Noch mitten in diesem Gedanken kommt mir eine Idee.

„Nancy, lassen Sie mich morgen ein paar Telefonate machen. Ich meine mich zu erinnern, dass ein Großkunde von uns vor ein paar Wochen eine zuverlässige Haushälterin gesucht hat und vielleicht ist ja die Stelle noch frei."

Hoffnungsvolles Leuchten erhellt Nancys Gesicht.

„Danke, Sir, das wäre wirklich wunderbar."

„Bitte, Nancy, keinen Dank. Ich werde mein Möglichstes tun!"

Mit diesen Worten verabschiede ich mich von meiner Hausperle und fahre in Richtung Schlafzimmer.

Schade, dass ich Wyk jetzt noch nicht anrufen kann. Oder doch?

Voller Sehnsucht wähle ich Wyks Nummer. Nach dem ersten Klingeln vernehme ich ihre verschlafene Stimme. Mist, ich habe sie geweckt. Eilig entschuldige ich mich für meine Störung, doch Wyks Worte beruhigen mich.

Nach dem Telefonat mit Wyk geht es mir besser, obwohl mir immer mehr schmerzlich bewusst wird, wie sehr ich sie vermisse. Bald werde ich sie wiedersehen, sie berühren können, ihren Duft einatmen. Aber vorher muss noch einiges geregelt werden.

Mein Telefon klingelt auf meinem Nachttischchen. Mein erster Gedanke ist: Es ist noch einmal Wyk oder eines der Kinder. Doch ein Blick auf die Nummer zeigt mir, dass ich falsch liege.

„Erin!"

Ich hoffe nur, dass Erin mir meine Enttäuschung nicht anhört.

„Seit gestern Abend. – Natürlich war ich heut in der Firma. – Wann? – Ich weiß nicht, Erin. Ich bin eigentlich total durch. – Was? – Ehrlich? – Na wenn das so ist. Okay, meinetwegen. – Ja! – Bis gleich Erin."

Mürrisch rufe ich meinen Chauffeur an und bitte ihn, mich in einer halben Stunde abzuholen. Dann schlüpfe ich unter die Dusche und kleide mich an. Noch während ich auf den Wagen warte, überlege ich, was Erin mir so Wichtiges mitteilen muss, das nicht bis morgen warten kann.

Pünktlich um einundzwanzig Uhr steigt Erin zu mir in den Wagen. Sie sieht sehr blass aus, aber ansonsten ist sie so hübsch wie eh und je.

Mit einem flüchtigen Kuss auf die Wange begrüßt sie mich und ich spüre deutlich, dass etwas nicht stimmt.

„Wohin möchtest du?"

Nach außen hin gebe ich mir Mühe, gelassen zu klingen, doch innerlich beginnt ein Sturm in mir zu toben, dass es sogar unter meiner Kopfhaut anfängt zu prickeln.

Kapitel 32

Im Restaurant ist kaum etwas los, nur wenige Gäste sind da. Zum Glück. Wenn ich nicht bald erfahre, was mit Erin los ist, platze ich noch.

Instinktiv ergreife ich Erins Hand und nicke ihr aufmunternd zu. Automatisch muss ich an Wyks Beichte denken, als sie mir von den Zwillingen erzählt hat und an ihr Geständnis, warum sie sich damals wirklich von mir getrennt hat.

Diese Erinnerung lässt einen dicken Kloß in meinem Hals entstehen.

„Wie war es in Deutschland?"

Erins Worte durchbrechen meine Gedanken.

„Ich glaube nicht, dass wir jetzt hier sind, um über meine Reise nach Deutschland zu reden."

Meine Stimme klingt schroffer als gewollt, daher lächle ich ihr sanft zu.

„Nein, du hast Recht, Leonard. Deshalb sind wir nicht hier."

Erins Stimme ist nur noch ein Flüstern. Was ist nur passiert? So aufgelöst habe ich Erin noch nie erlebt.

„Ich bin in echten Schwierigkeiten, Leonard."

Unbewusst halte ich die Luft an und wappne mich innerlich auf das, was jetzt kommen mag.

„Ich bin schwanger."

Erleichtert atme ich aus. Okay, das ist nicht optimal für Erin, aber das ist nicht mein Problem.

„Du weißt nicht, wer der Vater ist?"

Erins Blick verhärtet sich und ich meine Zorn in ihren Augen funkeln zu sehen.

„Erin, spar dir deine Wut! Ich kann nicht der Vater sein! Seit dem Unfall bin ich zeugungsunfähig, außerdem haben wir immer verhütet. Folglich muss noch ein anderer als Vater in Frage kommen."

Nun sehe ich Tränen in Erins Augen glitzern.

„Oh nein, bitte nicht! Ich hatte so sehr gehofft, es ist von dir. Was soll ich denn jetzt tun?"

Die letzten Worte gehen in Erins Schluchzen unter.

„Wer kommt noch in Frage?"

Meine Stimme klingt eisig, das weiß ich. Ein Gefühl von Zorn und Ärger steigt in mir auf. Natürlich ist mir bewusst, dass ich nie fest mit Erin zusammen war und sie mir auch folglich nie gehörte, aber es versetzt mir dennoch irgendwie einen Stich, dass ich nicht der einzige war.

„Niemand von Bedeutung."

Erins Traurigkeit lässt mich milder werden. Nein, ich habe kein Recht sie zu verurteilen. Sanft ziehe ich Erin in meine Arme und lasse sie an meiner Schulter weinen. Dabei hauche ich ihr einen Kuss aufs Haar.

Abrupt richtet sich Erin wieder auf.

„Bist du dir sicher, dass du es nicht sein kannst?"

Ich erkenne die Hoffnung in ihren Augen, die augenblicklich erstickt, als ich mit meinem Kopf nicke.

„Was wirst du jetzt tun?"

„Keine Ahnung."

In Erins Stimme ist deutlich ihre Verzweiflung zu hören.

„Egal wie du dich entscheidest, ich werde für dich da sein und dir helfen, wo ich nur kann. Okay?"

Ich hebe Erins Kinn mit meinem Finger an, sodass sie mir in die Augen sehen muss.

„Danke, Leonard! Das weiß ich sehr zu schätzen. Und nun erzähl mal: Wie war es in Deutschland?"

„Gut… Sehr gut sogar."

Ich beobachte genau Erins Gesichtszüge. Wie wird Erin wohl reagieren, wenn sie von Wyk erfährt? Bei Maggy, ich meine natürlich Margret, hatte sie mir zu einem Treffen geraten. Aber die Situation jetzt ist eine andere. Ich habe Kinder, ich verlasse die Staaten, Erin ist schwanger. Meine Gedanken überschlagen sich.

Noch immer schaut mich Erin erwartungsvoll an. Doch mir fehlen plötzlich die Worte.

„Hey Leonard, was ist los? Hast du jemanden kennengelernt?"

Nun ist der Damm gebrochen und meine Worte kennen keinen Halt mehr. Ich erzähle Erin von Wyk und den Zwillingen, zeige ihr Bilder, berichte ihr von meinen Plänen, nach Deutschland zurück zu kehren und von der geplanten Expansion. Am Ende meiner Erzählungen bin ich regelrecht erschöpft.

Erin betrachtet mich mit strahlenden Augen und umarmt mich dann überschwänglich.

„Mensch Leonard, das ist ja großartig! Ich freue mich wirklich riesig für dich!"

144

„Ja, es ist großartig. Mir scheint es fast nicht echt zu sein. Nur was ist mit dir?"

Mit einem Schlag fühle ich mich unsagbar traurig. Nur warum? Tief in meinem Inneren weiß ich, was los ist: Dieses Baby, Erins Baby, ist nicht von mir. Und ich werde nie ein Kind aufwachsen sehen, welches mich Daddy nennt. Ja, ich habe zwei Kinder, aber was weiß ich schon von ihnen? Was waren ihre ersten Worte? Wie sahen sie als Babys aus? Hat Wyk gestillt? Wann haben sie das erste Mal durchgeschlafen? Die ersten Zähne, der erste Schultag, die erste Liebe. Nichts weiß ich von ihnen! Ich habe einfach alles verpasst und ich werde es nie nachholen können.

Kapitel 33

Unsanft holt mich mein Wecker aus der Traumwelt.

Erins Worte beim Abschied hallen mir wieder durch den Kopf: „Falls ich mich für das Baby entscheide, würdest du dich dann testen lassen? Vielleicht haben sich die Ärzte ja geirrt."

Ich fühl mich wie zwiegespalten. Auf der einen Seite keimt ein Fünkchen Hoffnung in mir, dass sich die Ärzte möglicherweise wirklich geirrt haben und auf der anderen Seite, erfasst mich die schiere Panik, vielleicht mit einer anderen Frau als Wyk ein Kind zu bekommen. Ich weiß nicht, was ich davon halten soll.

Meine Gedanken drehen sich im Kreis: Möchte ich denn, dass die Ärzte sich geirrt haben? Und wenn sie sich nicht geirrt haben, wie werde ich es verkraften, wenn die Hoffnung wie eine Seifenblase zerplatzt? Doch falls das Baby doch von mir ist, wird dann ein weiteres Kind ohne Vater aufwachsen müssen? Könnte ich Erin dann wirklich im Stich lassen? Was wird Wyk dazu sagen? Und erst die Zwillinge. Gestern war ich mir noch so sicher, dass es unmöglich von mir sein kann, zumal ja auch noch ein anderer Kandidat in Frage zu kommen scheint. Aber heute? Je mehr ich darüber nachdenke, desto unsicherer werde ich. Hirnfick…

Träge hieve ich mich in meinen Rollstuhl. Was soll ich denn jetzt nur machen?

Ich fahre an der Küche vorbei, direkt auf mein Arbeitszimmer zu. Dort angekommen rufe ich Martha an, um ihr mitzuteilen, dass ich heute erst gegen Mittag ins Büro komme.

So, was als erstes? Andächtig studiere ich meine Notizen vom Vortag. *Immobilienmakler anrufen wegen geeigneter Geschäftsräume und Haus in Deutschland* – ist der erste Punkte auf meiner Liste.

Nach einer Stunde ist das Telefonat mit dem Immobilienmakler, den mir mein Vater empfohlen hat, beendet. Der Typ scheint ganz kompetent zu sein, jedenfalls kam er am Telefon so rüber.

Ich hake den ersten Punkt auf meiner Liste ab. Das Problem Geschäftsräume und ein geeignetes Wohnhaus zu finden, liegt nun in der Hand eines Profis. Eine Sorge weniger also.

Ob Wyk wohl mit den Kindern zu mir ziehen wird, wenn ich in Deutschland bin? Darüber habe ich noch gar nicht mit ihnen geredet. Aber ich brauche sowieso eine Bleibe. Also warum nicht ein Haus?

Ich schmunzle über meine Gedanken und würde am liebsten laut losprusten. Ja, man braucht für alles immer nur eine Ausrede, um sich selbst zu beruhigen.

Okay, nächster Punkt auf meiner Liste ist, wegen Nancy rumzutelefonieren. Entschlossen öffne ich den Organizer auf meinem Computer und klicke die Namen meiner Kunden durch. Rilser, genau nach dem habe ich gesucht. Ich greife zum Telefon und wähle Eduard Rilsers Geschäftsnummer.

„Hi, Leonard Eckerts hier. – Genau, die Sicherheitstechnikfirma. – Wie geht es Ihnen, Miss Ried?"

Ich lausche den Worten der Vorzimmerdame. Wenn ich mich recht erinnere, ist sie eine kleine zierliche Blondine, die mich damals gar nicht so unattraktiv gefunden hatte. Wie nervös sie immer in meiner Gegenwart geworden war – zuckersüß. Aber natürlich hatte ich nie etwas mit ihr angefangen, denn Geschäft und Privat sollte man immer trennen. Fakt ist, Miss Ried scheint sich auch noch bestens an mich zu erinnern, denn sie plappert munter drauf los.

„Danke. Ebenfalls. – Weshalb ich anrufe: Ist Mr. Rilser zu sprechen?"

Eilig murmelt Miss Ried eine Entschuldigung. Hat sie wirklich geglaubt, dass ich wegen ihr anrufe? Dann verbindet sie mich. Kurz ertönt eine Melodie, dann vernehme ich die tiefe Stimme von Eduard Rilser.

„Eduard, danke, dass Sie einen Moment Zeit für mich haben. – Danke, gut. Und Ihnen? Was machen Frau und die Kinder?"

Auch Rilser ist in regelrechter Redelaune.

„Nein, der Grund meines Anrufs ist ein anderer. – Ich meine mich zu erinnern, Sie hatten nach einer zuverlässigen Hausperle gesucht? – Oh, das ist natürlich schade. – Ähm, ich meine, gut für Sie, schlecht für mich. – Nein, um Gottes Willen, ich habe nicht die Branche gewechselt."

Ich lache laut auf.

„Aber mal im Ernst, ich kenne da jemanden, der was sucht. – Ah, ehrlich? – Ja, das wäre fantastisch!"

Eilig notiere ich Namen und Telefonnummer, die mir Eduard Rilser nennt und verabschiede mich dann.

Also nächster Versuch. Ich wähle erneut und lausche dem Klingeln.

„Hi, Leonard Eckerts hier. Spreche ich mit Mrs. Fry? – Prima! Ich habe Ihre Telefonnummer von Eduard Rilser erhalten, der mir sagte, dass Sie eine Haushälterin suchen?"

Geduldig erkläre ich der Frau am anderen Ende der Leitung, worum es mir geht und bekomme wirklich auf Anhieb einen Termin für Nancy zum Vorstellungsgespräch.

Gutgelaunt hake ich den zweiten Punkt auf meiner Liste ab und sehe mir Punkt drei an *Firmen anschreiben*

Das Telefon auf meinem Schreibtisch klingelt und als ich die Nummer auf dem Display erkenne, schlägt mein Herz automatisch schneller.

„Wyk! – Nein, du störst mich doch nie! – Was machen die Kinder?"

Plötzlich fällt mir Erin und das Baby wieder ein. Meine ganzen Ängste und Gedanken erscheinen wie zum Greifen auf einmal über mir. Diese tonnenschwere Last scheint mich regelrecht zu erdrücken.

„Nichts ist. Was soll denn sein?"

Ich seufze schwermütig. Ich konnte Wyk noch nie etwas vormachen. Also erzähle ich Wyk von

Erin, meiner Affäre mit ihr, von meinem gestrigen Treffen und all meinen wirren Gedanken.

„Also ist es nicht wirklich sicher, dass du der Vater bist."

Wyks Worte sind sachlich. Sicher ist sie jetzt enttäuscht von mir.

„Bitte hass mich nicht!"

„Was? Wieso sollte ich dich hassen, Leonard? Oder ist eure Liaison noch nicht vorbei?"

„Natürlich ist sie vorbei!"

Ich schreie die Worte ins Telefon. Wie kann Wyk denken, dass ich sie betrüge?

„Na dann ist doch alles gut."

„Nichts ist gut. Ich möchte nicht, dass noch ein Kind von mir ohne Vater aufwachsen muss."

Ich spreche meine Gedanken aus und bereue meine Worte sofort.

„Wyk, so war das nicht gemeint. Ich meine… Ich weiß gar nicht, was ich meine."

„Leonard, du hast doch selber gesagt, dass du mit großer Wahrscheinlichkeit gar nicht der Vater sein kannst."

„Und wenn doch? Ich kann doch nicht neun Monate drauf warten, bis ich Klarheit bekomme. Vorher dreh ich durch."

„Dann lass dich jetzt testen!"

„Wie meinst du das?"

„Geh zum Arzt und lass testen, ob deine Spermien noch aktiv sind. Sind sie es nicht, kannst du nicht der Vater sein. Sind sie es doch, musst du entweder warten, bis das Kind geboren ist, oder du überzeugst diese Erin, einen Vaterschaftstest noch während der Schwangerschaft zu machen. Heutzutage ist doch alles möglich."

„Bist du enttäuscht von mir?"

„Nein, Leonard! Mir ist klar, dass du nicht wie ein Mönch gelebt hast. Warum auch?"

Auf einmal komme ich mir schäbig vor. Wyk sagt zwar, es ist kein Problem für sie, dass ich andere Sexpartnerinnen hatte, aber kann ich ihr das wirklich glauben?

„Leonard, bitte mach dir keine Gedanken! Es ist wirklich okay für mich. Wir waren getrennt und jeder hatte sein Leben."

Plötzlich stößt es mir sauer auf. Oh mein Gott, wie blöd bin ich eigentlich? Wieso habe ich nicht eine Sekunde gedacht, dass Wyk auch mit anderen Männern geschlafen hat? Mein hässliches Unterbewusstsein kennt die Antwort: Weil ich diesen Gedanken nicht ertragen kann. Schnell schiebe ich diese Vorstellung bei Seite.

„Du fehlst mir, Wyk!"

Es sind die Worte, ganz tief aus meinem Herzen.

„Du mir doch auch, Leonard. Und den Kindern natürlich auch. Da fällt mir ein: Kevin hat sich mit mir in Verbindung gesetzt. Er plant ein Treffen zu organisieren, mit den ganzen Leuten von damals. Ein genauer Termin steht noch nicht fest, aber es wird sicher lustig."

„Ja, in der Tat. Ich bin gespannt, was aus den anderen so geworden ist."

Innerlich beginne ich, wie ein kleines Kind vor Freude zu hüpfen. Ja, das wird sicher ein Riesenspaß.

„Leonard?"

„Hmm."

Meine Antwort gleicht einem Grunzen.

„Bitte, geh zu einem Arzt und lass dich testen."

„Ja, das werde ich. Versprochen!"

Nachdem ich aufgelegt habe, wähle ich die Nummer meines Hausarztes und vereinbare einen Termin, dann mache ich mich auf den Weg in die Küche, wo ich Nancy noch immer betrübt antreffe.

Lächelnd reiche ich ihr den kleinen Zettel, auf dem ich alles Wissenswerte für das Vorstellungsgespräch notiert habe.

Mit zittrigen Händen ergreift Nancy den Zettel und beginnt augenblicklich zu strahlen. Dann umarmt sie mich überschwänglich.

„Danke, Sir, danke!"

Langsam schlängelt sich eine einzelne Träne über Nancys Wange, die sie eilig wegwischt.

Kapitel 34

Die Tage vergehen so enorm schnell und ich frage mich wirklich, wohin manchmal die Zeit rennt.

Nervös sitze ich im Wartezimmer bei meinem Arzt und warte auf mein Testergebnis. Ich muss mich stark zusammenreißen, mir nichts anmerken zu lassen, still zu sitzen und nicht an meinen Fingernägeln zu kauen.

Egal welches Ergebnis ich gleich höre, ich werde für mich das Beste draus machen müssen. Nur noch wenige Sekunden, dann weiß ich Bescheid und dann muss ich entscheiden, wie es wirklich weitergeht.

Ohne es wirklich zu merken, krallen sich meine Finger um die Armlehnen des Rollstuhls, sodass meine Fingerknöchel weiß hervortreten.

„Ist alles okay mit Ihnen, Mr. Eckerts?"

Verdutzt schaue ich in das besorgte Gesicht der Arzthelferin.

„Ja, natürlich!", antworte ich hastig.

„Hi Erin! Ich bins Leonard. Wie geht es dir?" – Das freut mich sehr zu hören, Erin! – Ja, auch. – Hör zu, weshalb ich anrufe: Ich habe mich nochmal testen lassen. – Es tut mir leid. – Nein, kein Zweifel. – Komm schon, Erin, bitte weine nicht!"

Jetzt in diesem Moment würde ich mich am liebsten selbst ohrfeigen, dass ich Erin nicht um ein Treffen gebeten habe. Wie gerne würde ich sie jetzt in meine Arme nehmen und trösten.

„Hey, hör mal, ich bin trotzdem immer für dich da. Versprochen! – Nein, mache dir doch keine Gedanken deshalb. – Bitte, Erin! – Ja, okay, lass uns morgen Abend zusammen essen… – Von mir aus auch erst übermorgen. – Ja, ich hole dich um neunzehn Uhr ab. – Okay, mach's gut, Erin. – Ja. Bye."

Oh Mann, was für ein Telefonat. Natürlich ist Erin fertig, die letzte Hoffnung ist quasi zerplatzt. Aber nicht nur bei ihr. Ich habe es jetzt schwarz auf weiß: zeugungsunfähig.

Meine Stimmung hat jetzt ihren absoluten Nullpunkt erreicht.

Um mich auf andere Gedanken zu bringen, schalte ich meinen Computer ein und öffne das Mail-Programm. Fünfundneunzig neue E-Mails. Wie lange war ich nicht mehr online? Seit dem Tag meiner Rückreise, aber fünfundneunzig ist wirklich viel.

Das meiste ist Werbung. Dann sind da zwei Mails von Sue, eine von Ivy, acht von Soda und circa zwanzig E-Mails vom Immobilienmakler.

Als erstes klicke ich mich durch die Nachrichten vom Immobilienbüro. Die Vorschläge hören sich allesamt hervorragend an. Im Stillen danke ich meinem Vater für seine Empfehlung. Vielleicht wird ja Wyk sogar mit mir zusammen ein Haus aussuchen.

Der Gedanke gefällt mir wirklich sehr.

Okay, nun zu Sue…

»Du bist ja ein richtiger Weltenbummler *grins* Was machst du in Philadelphia? Ich habe Zeit und erwarte einen ausführlichen Bericht!«

»Leo, was soll das? Erst mich neugierig machen und dann nichts mehr schreiben… *schmoll*«

Ich beginne laut zu lachen. Sue ist echt ne Wucht.

»Hey, nicht schmollen… Ich hatte einfach nur noch keine Zeit zum Antworten. In Philadelphia war ich, weil dort mein Zwischenstopp war auf dem Weg nach Hause. Mein Vater hat geheiratet, also war ich ein paar Tage in Deutschland. Dort habe ich meine Ex wiedergetroffen und erfahren, dass ich Vater von zwei sechzehnjährigen Kindern (Zwillinge) bin. Lange Rede, kurzer Sinn: Wyk und ich sind wieder ein Paar und ich werde, sobald ich hier in Sacramento alles geregelt habe, zurück nach Deutschland kommen. Nun sei wieder lieb mit mir *kussi*«

Wie einfach es doch ist, mehrere Wochen und so viele Gefühle in so einem kurzen Text zusammenzufassen.

Okay, was schreibt Ivy:

»Ist das deine Art von Humor? Wenn ja, finde ich ihn nicht lustig! Was bedeutet das: „Du bist nicht mehr allein"? Doch nicht das, was ich denke?!«

Ich bin mir nicht sicher, ob ich belustigt oder beleidigt sein soll. Ist es wirklich so absurd, dass ich eine feste Partnerin finde?

»Hi Ivy! Es bedeutet genau das, was die Worte aussagen! Wie geht es dir sonst so?«

Von Soda gibt es wieder jede Menge Buchempfehlungen.

»Hi Magic-Niveau-Leo! *grins* Warum machst du dich in letzter Zeit so rar? Du bist eine treulose Tomate *grins*«

Soda schafft es mal wieder mich aufzuheitern. Ich kopiere einige Passagen aus der Mail an Sue und schicke sie Soda. Dann schalte ich meinen Computer wieder aus.

Wie wird es nun weitergehen? Was muss ich als nächstes tun? Das Klopfen an meiner Arbeitszimmertür holt mich aus meinen Grübeleien.

„Ja!"

Nancy tritt ein und schüttelt kaum merklich mit dem Kopf.

„Oh, Nancy, das tut mir wirklich leid!"

„Nein, Sir, das muss es nicht. Ich bin einfach schon zu alt. Es will niemand so was Altes wie mich einstellen."

In Nancys Gesichtszügen erkenne ich Kummer, aber vor allem zeichnet sich Sorge in ihren Augen ab.

„Wir finden noch eine Lösung. Das verspreche ich."

Seufzend verlässt Nancy wieder den Raum.

Klappt denn heute gar nichts?

Instinktiv greife ich nach dem Telefon und wähle Wyks Nummer.

„Ja?"

Wyks Stimme klingt verschlafen. Oh nein, ich habe überhaupt nicht auf die Zeit geachtet.

„Oh Wyk, bitte verzeih. Ich wollte dich nicht wecken. Ich rufe später nochmal an."

Mit diesen Worten will ich auflegen, doch Wyk versichert mir, dass mein Anruf für sie okay sei. Das beruhigt mich und mir wird auf einmal schmerzlich bewusst, wie sehr ich diese Frau vermisse.

„Was ist los, Leonard?"

„Nichts! Ich wollte nur deine Stimme hören."

So ganz entspricht das nicht der Unwahrheit, aber Wyk glaubt mir nicht. Also erzähle ich ihr von meinem Arztbesuch, dem Testergebnis, mein Gespräch mit Erin, meinen Gefühlen und zu guter Letzt von meiner Hausperle Nancy. Eine tonnenschwere Last fällt währenddessen von meinen Schultern, denn es tut mehr als gut, mir mal alles von der Seele reden zu können. Wyk unterbricht mich nicht ein einziges Mal.

„Okay, das ist viel und heftig. Ich würde dich jetzt gern in den Arm nehmen."

„Ich weiß, das wäre schön, aber ich bin wirklich dankbar, dass ich mit dir über all das reden kann."

„Hey, Leonard, das ist selbstverständlich. Oder findest du nicht?"

„Doch schon, aber..."

„Nichts aber! Egal was ist, wir stehen hinter dir. Ich weiß, du findest vor deiner Abreise noch eine Lösung für alles."

Es tut so gut, Wyks Optimismus zu spüren und zu wissen, dass sie ihre Worte wirklich ernst meint.

„Wyk, ich habe ein Immobilienbüro beauftragt, mir geeignete Büroräume und ein Haus zu suchen.

Heute kamen E-Mails mit Vorschlägen. Ich würde mich freuen, wenn ihr die Häuser, sobald ich wieder in München bin, mit mir zusammen besichtigt."

Ich höre Wyks Lächeln durch das Telefon.

„Ja, das werden wir dann sehr gern tun."

Überglücklich lege ich auf, nachdem wir uns verabschiedet haben. Noch eine Woche, dann werde ich wieder bei meiner Liebsten und meinen Kindern sein.

Eine Woche… Gefühlsmäßig ist diese Trennungsperiode noch eine Ewigkeit, aber vom Verstand her weiß ich, mir bleibt nicht mehr viel Zeit, um hier alles zu regeln.

Jetzt nur nicht in Panik ausbrechen, Leonard. Ich zwinge mich selbst zur Ruhe und greife dann zum Telefon, um den Immobilienmakler zu informieren, welche Objekte für mich in die engere Wahl kommen, und vereinbare dementsprechende Termine.

Okay, dann wäre das jetzt auch erledigt. Gut!

Ich nehme meinen Notizblock und einen Stift zur Hand und notiere mir alles, was von mir noch in der kurzen, noch verbleibenden Zeit erledigt werden muss:

- Dad anrufen und ihm alle Eckdaten nennen, damit er sich um das ganze Juristische kümmern kann
- Erin
- Nancy

- Mit Martha die letzten Details besprechen, vor allem über die neuen Verträge (Rechtsanwalt Blum sollte unbedingt dabei sein)
- Rechtsanwalt Blum anrufen → Termin vereinbaren
- Abschlussessen mit allen Mitarbeitern organisieren

Ich unterstreiche die Worte *Erin* und *Nancy*, denn die zwei werden in meiner letzten Woche oberste Priorität haben.

Okay, was noch? Ach ja:

- Packen bzw. packen lassen
- Umzugsfirma beauftragen
- Mieter?

Mitten in meinen letzten Gedanken halte ich inne. Natürlich! Ja, das ist die Lösung!

Kapitel 35

*P*ünktlich um neunzehn Uhr fährt mein Chauffeur bei Erin vor, die schon vor dem Haus auf mich wartet. Erin sieht wie immer toll aus, aber sie wirkt müde.

Lächelnd steigt Erin zu mir in den Wagen und haucht mir einen keuschen Kuss auf die Wange. Noch vor ein paar Wochen wäre dieser der Beginn von purer Leidenschaft gewesen und nun fühle ich nichts dergleichen in diese Richtung. Krass, wie sich alles verändert hat.

„Wohin fahren wir?"

„Ich möchte dir etwas zeigen."

Mehr verrate ich nicht. Ich kann ein echtes Scheusal sein, das weiß ich, denn es amüsiert mich, dass Erin krampfhaft versucht, ihre Neugierde vor mir zu verbergen, was ihr aber nicht im Geringsten gelingt.

Wenige Minuten später halten wir vor meiner Haustür und mein Chauffeur öffnet uns die Tür.

„Komm!"

„Ich kenne dein Haus schon!"

„Naja, im Grunde kennst du lediglich mein Schlafzimmer, das Wohnzimmer und den Essbereich."

Belustigt blicke ich in Erins entsetztes Gesicht und beobachte, wie sie leicht errötet. Ja, bisher läuft es genau so, wie ich es mir vorgestellt habe.

„Nancy, wir sind da! Können Sie bitte wie besprochen Miss Lamot das obere Stockwerk zeigen?"

Geduldig warte ich im Wohnzimmer auf die beiden Frauen. Ich hoffe so sehr, dass Erin meinen Vorschlag annimmt…

Stimmen dringen von oben zu mir herunter, doch leider verstehe ich nicht, was gesprochen wird.

Eine gefühlte Ewigkeit später betritt Erin wieder das Wohnzimmer. Nancy ist in der Küche verschwunden.

„Warum zeigst du mir das alles?"

„Weil ich möchte, dass du mit dem Baby bei mir wohnst."

„Was?"

Erin ist kreidebleich geworden. Augenblicklich steigt Panik in mir auf.

„Dein Apartment wird nicht reichen und ich habe hier mehr Platz als genug."

„Aber ich dachte, du gehst zurück nach Deutschland? Ich dachte, du hast eine Freundin und Kinder dort."

„Ja, das stimmt ja auch alles."

Okay, ganz ruhig bleiben, Leonard. Ich zwinge mich zur langsameren Atmung und beobachte dabei Erin genau.

„Ich habe eine Freundin und Kinder in Deutschland und werde in knapp einer Woche nach Deutschland ziehen. Nur es ist so, das Haus hier steht dann leer und du brauchst etwas Neues. Also wäre uns folglich beiden geholfen."

„Du könntest das Haus verkaufen oder vermieten."

Ich wusste, dass es nicht leicht werden wird, Erin von meinem Plan zu überzeugen. Innerlich stöhne ich auf.

„Ja, das könnte ich, aber mein Vorschlag an dich ist nicht ganz uneigennützig für mich. Okay, klar, in erster Linie wäre mein Gewissen beruhigt, weil ich dir so helfen und dich unterstützen könnte."

Erin beäugt mich argwöhnisch.

„Aber mir geht es auch zum Beispiel um eine Bleibe, immer wenn ich nach Sacramento komme. Ich würde dir quasi gern das obere Stockwerk zur Verfügung stellen, sowie im Erdgeschoss Wohnzimmer, Essbereich, Küche, Gästetoilette. Für mich selbst würde ich das Schlafzimmer, das angrenzende Badezimmer, sowie das Arbeitszimmer beanspruchen."

„Das war alles? Mehr forderst du nicht?"

„Nicht ganz."

Ich lege eine bewusste Pause ein, um meinen Worten Nachdruck zu verleihen.

„Wenn du *ja* sagst, wird Nancy für dich arbeiten. Das ist eigentlich meine einzige wirkliche Bedingung."

„Ach, Leonard. Ich weiß noch nicht mal, wovon ich dann überhaupt leben soll, wenn das Baby geboren ist und ich nicht mehr arbeiten kann. Wie soll ich mir da eine Haushälterin leisten können?"

„Erin, Geld ist das einzige, worum ich mir keine Sorgen mache. Mir liegt es sehr am Herzen, dich, das Baby und auch Nancy gut versorgt zu wissen.

162

Selbstverständlich zahle ich dann das Gehalt von Nancy. Und sieh doch mal den Vorteil: Nancy hat genug Erfahrung mit Kindern, schließlich hat sie vier Kinder und einige Enkelkinder. Wenn sie auf dein Kind aufpassen würde, könntest du arbeiten."

„Das kann ich nicht annehmen."

„Bitte Erin, sag nicht gleich nein. Überlege es dir! Und wenn du es nicht so von mir annehmen möchtest, sehe es als eine Art Babygeschenk. Mir geht es da ehrlich gesagt auch um Nancy. In ihrem Alter findet sie nicht mehr so einfach eine gute Anstellung, aber diese Frau ist wirklich fantastisch! Nett, loyal, fleißig – die beste Köchin weit und breit…"

„Leonard!"

Erin unterbricht meinen Redeschwall und schaut mich liebevoll an.

„Warum solltest du das für mich tun? Ich meine, du hast mich nicht in diese Situation gebracht. Daran bin ganz allein ich schuld. Wenn es wegen deiner Haushälterin ist, zahl ihr eine großzügige Abfindung."

„Ich weiß, aber du bist mir nun mal wichtig! Außerdem würde Nancy nie Geld von mir nehmen", gebe ich kleinlaut zu.

Erin beginnt zu schluchzen. Instinktiv ziehe ich sie auf meinen Schoß und lasse sie an meiner Schulter weinen. Dabei streichle ich ihr sanft übers Haar.

„Pssssst… Nicht weinen! Alles wird gut."

„Warum bist du nicht der Vater?"

„Weil du dann wegen mir weinen würdest."

Erin schaut mich mit ihren rotgeweinten Augen an. Dieser Anblick bricht mir fast das Herz.

„Ein kleiner Teil von mir wäre gerne der Vater deines Babys, aber um ehrlich zu sein, bin ich doch froh, es nicht zu sein. Du weißt warum."

Traurig nickt Erin. Ich weiß, sie versteht mich.

„Können wir nicht einfach behaupten, dass du es bist?"

„Erin, wenn du möchtest und es dir hilft, dann erzähle es jedem, aber ich werde nichts unterschreiben oder dergleichen."

Meine Stimme klingt schroff, das weiß ich, aber ich muss Erin wirklich verdeutlichen, dass ich nicht offiziell die Vaterschaft anerkennen kann. Nicht nur, weil ich nicht der leibliche Vater bin, sondern allein von der Erbfolge her wäre das Wyk und den Zwillingen gegenüber nicht fair.

„Das weiß ich."

„Was ist mit dem Erzeuger? Willst du es ihm denn gar nicht sagen?"

Energisch schüttelt Erin mit dem Kopf. Okay, sie will scheinbar nicht über ihn reden. Aber warum nur? Plötzlich muss ich an Wyks Vergewaltigung denken und ihre Angst, die Kinder seien das Resultat aus besagter Nacht. Schiere Angst überkommt mich.

„Wurde dir etwas angetan? Ich meine..."

Ich kann es nicht aussprechen. Mein Herz hämmert wie wild zum Zerspringen. Innerlich wappne ich mich auf Erins Antwort.

„Nein, mir wurde nichts angetan. Es war nur ein Riesenfehler und dafür werde ich jetzt bestraft."

„Ist er verheiratet?"

„Nein."

„Ein Pfarrer?"

„Priester."

„Oh, okay, ich verstehe."

Erin zuckt mit ihren Schultern.

„Wie heißt es? Kleine Sünden bestraft der liebe Gott sofort, die großen nach neun Monaten. Und meine Bestrafung wächst nun in mir heran."

„Und wenn du es ihm doch sagst?"

„Nein! Ich möchte nicht, dass er womöglich wegen mir alles aufgeben muss, und noch weniger könnte ich es verkraften, wenn er wegen mir gar nichts aufgibt. Verstehst du?"

Ich nicke, denn in der Tat verstehe ich Erin nur zu gut. Welcher Mensch möchte schon gern zurückgewiesen werden. Aber vielleicht wartet dieser Priester nur auf ein göttliches Zeichen, um aus seinem goldenen Käfig auszubrechen. Denn immerhin hatte der Mann ja Sex gehabt. Vielleicht würde er sich freuen, Vater zu werden und vielleicht würde er gerne ein Leben mit Erin führen. Mir ist klar, dass das viele *Vielleichts* sind, deshalb schweige ich. Erin hat genug Last zu tragen. Doch das Vaterherz in mir klopft laut, wahrscheinlich, weil ich nie ein Vater von Anfang an sein konnte und es auch nie sein werde. Dieser Gedanke tut noch immer sehr weh.

Kapitel 36

Mit einem lachenden und einem weinenden Auge sitze ich im Flugzeug und schaue auf das Land hinunter, das siebzehn Jahre lang mein Zuhause war und nun nicht mehr ist. Natürlich weiß ich, es ist kein Abschied für immer, denn schon allein wegen der Firma werde ich ab und an nach Sacramento zurückkehren müssen, trotzdem hatte ich mir den Abschied leichter vorgestellt.

Meine Gedanken wandern zu Nancy und Erin, die beide am Flughafen dicke Tränen geweint haben, als sie mich verabschiedeten. Doch es beruhigt mich, die zwei vereint zu wissen, jetzt wo Erin zugestimmt hat, in mein Haus zu ziehen. Nancy kann und wird Erin mit dem Baby unterstützen, folglich muss ich mich nicht mehr um sie sorgen.

Langsam öffne ich die kleine Schachtel, die mir Martha vor dem Abflug zugesteckt hat. *„Aber erst im Flieger öffnen, Sir!"*, waren ihre Worte mit einem leichten Zwinkern.

Als ich den Inhalt erkenne, muss ich laut loslachen. Dass mich die anderen Passagiere verblüfft ansehen, ist mir dabei egal. In meiner Hand halte ich eine Tasse, auf der ein Bild von all meinen Mitarbeitern ist. Allesamt feixen in die Kamera und halten beide Daumen in die Luft. Unter dem Bild steht in geschwungener Schrift RESPECT – *BIG BOSS*.

Ein schöneres Geschenk hätte sie mir wirklich nicht machen können! Diese Tasse wird einen Ehrenplatz in meinem neuen Büro bekommen.

Das Flugzeug setzt unsanft auf der Rollbahn des *O'hare International Airport, Chicago* auf und holt mich aus meinem Traum. Hier werde ich nun anderthalb Stunden Aufenthalt haben, bevor meine Reise nach München weitergeht.

In der Wartehalle des Flughafens checke ich meine E-Mails. Die erste ist von Sue, die sich riesig für mich freut und mich um ein Treffen bittet. Persönliches kennenlernen und so weiter.

In mir steigt Panik hoch. Meine Prinzipien! Obwohl, sind diese noch wichtig? Schließlich geht es ja nicht um ein Treffen mit romantischem Interesse, sondern vielmehr darum, eine nur noch sporadische Online-Freundschaft wieder aufblühen zu lassen. Trotzdem weiß ich nicht so recht…

*»Hey Sue, mach mal nicht so schnell… Lass mich erstmal in Deutschland ankommen und mich einleben. Ich melde mich. *Kussi* Leonard«*

Ja, so habe ich noch etwas Zeit, mir das Ganze genau zu überlegen, zumal Sue ja auf der entgegengesetzten Seite Deutschlands zu Hause ist. Wäre es besser zu Sue zu fahren, vielleicht eine kleine Reise mit Wyk und den Kindern, oder sollte doch lieber Sue nach München kommen? Naja, erstmal abwarten.

Die nächste Mail ist von Ivy und allein der Betreff *»Mistkerl«* lässt mir das Blut in meinen Adern gefrieren.

»Du bist so ein verdammter Heuchler! Immer den Unnahbaren mimen und dann mit der erstbesten vögeln. Was hat sie, was ich nicht habe? Verpiss dich aus meinem Leben!«

Ich bin entsetzt über Ivys Worte.

»Ich habe dir NIE etwas vorgemacht oder versprochen und ich finde es wirklich erbärmlich, auf welches Niveau du gerade sinkst. Dies wird meine letzte Mail an dich sein, denn ganz ehrlich, ich habe es nicht nötig, mich von dir beleidigen zu lassen! Bitte überleg mal, wer von uns beiden seit Jahren verheiratet ist. Also was genau wirfst du mir vor? Ich wünsche dir trotzdem alles Gute für die Zukunft. Lebwohl – Leonard«

Bevor ich die E-Mail an Ivy absende, lese ich sie mir noch einmal durch und danke im Stillen für die gute Erziehung meiner Adoptiveltern. Wäre diese nicht so hervorragend gewesen, hätte ich mich sicher nicht so gewählt und sachlich ausgedrückt. Doch ich habe Stolz und Würde, und die lasse ich mir nicht nehmen.

Auch Soda gratuliert mir in ihrer Mail zu meiner neuen Lebenssituation. Sie scheint sich wirklich für mich zu freuen.

Kapitel 37

„Dad, dieses Haus ist der Hammer! Findest du nicht auch, Mama?"

Myra hüpft vor Aufregung auf und ab, wie ein kleiner Gummiball. Belustigt schaue ich ihr dabei zu. In der Tat, das Haus ist wirklich ein Traum. In dieses hatte ich mich schon beim ersten Betrachten der Fotos verliebt. Von außen ist es eher schlicht. Aber so ganz stimmt das auch nicht, denn es hat eindeutig das gewisse Etwas. Schlichte Eleganz vielleicht: Halbrunde Fenster, eine Haustür aus massivem Holz und dezenten Glasteilen, Efeu, der sich an der Klinkersteinfassade empor schlängelt. Der Garten wirkt idyllisch mit seinem kleinen Teich, in dem ein Brunnen fröhlich plätschert und den verschiedenen Bäumen und Pflanzen. Im Sommer sieht es hier sicher aus wie im Paradies. Und auch von innen ist das Haus gerade zu perfekt. Großzügig geschnittene helle Zimmer, alle Türen breit genug für meinen Rollstuhl und die Treppe hat sogar einen Treppenlift.

Alles ist barrierefrei – perfekter geht es wohl nicht.

Erwartungsvoll blicke ich Wyk an und sehe das begeisterte Glitzern in ihren Augen.

„Alles klar, Dad, ich habe genug gesehen! Ich nehme das hinterste Zimmer im Obergeschoss."

„Jordan, das ist gemein! Das wollte ich!"

Myra zieht einen Schmollmund und für einen Moment habe ich Angst, dass es noch vor dem Hauskauf zu Streitigkeiten kommt. Doch Jordan verzieht die Mundwinkel zu einem Lächeln.

„Ach Myra, bedenk doch bitte den Vorteil, wenn du das vordere Zimmer nimmst. Dann hättest du dein eigenes Badezimmer."

Augenblicklich erhellt sich auch Myras Miene wieder und sie nickt. Erleichtert atme ich aus.

Kapitel 38

Nervös warte ich auf meinen Flug, der mich zu Sue bringen wird. Ich kann es immer noch nicht glauben, dass ich mich wirklich überreden lassen habe, mich mit ihr zu treffen.

Wären doch nur Wyk oder die Kinder bei mir... Aber okay, versprochen ist versprochen und kneifen gilt jetzt nicht.

Wenn ich ganz ehrlich bin, ist meine größte Sorge auch nicht das Treffen mit Sue an sich, sondern vielmehr habe ich Bauchweh davor, vielleicht Margret zu begegnen. Wie würde ich mich in dem Fall verhalten? Sie ignorieren? Tief in meinem Inneren weiß ich, dass ich bei einem etwaigen Treffen nur ein Bedürfnis hätte und das wäre, ihr zu sagen, dass ich eine andere Frau liebe. Alleine der Gedanke gibt mir Genugtuung, trotzdem hoffe ich, sie nirgends anzutreffen.

Sue umarmt mich herzlich, als sie mich sieht. Ob sie immer so aufgedreht ist oder versucht sie ihre Unsicherheit zu verstecken? Ich kann es nicht genau sagen, nur eins ist sicher: Sue ist eine kleine lebensfrohe Powerfrau, die eindeutig viel Pfeffer im Hintern hat. Ein krasser Feger sozusagen, aber nicht im negativen Sinne!

Der Nachmittag vergeht wie im Flug, wir reden über dies und jenes, Sue erzählt von ihrem Mann und wie sie ihn kennengelernt hat. Ich meinerseits schildere Sue die ganze Geschichte, die ich mit Magret erlebt habe.

„Das ist jetzt nicht dein Ernst, Leonard!"

„Doch! Ich schwöre es dir, genau so war es!"

Noch bevor Sue sich aufregen kann, tritt eine schlanke Blondine an unseren Tisch. Die beiden Frauen begrüßen sich innig und Sue stellt mir ihre Freundin als *Laureen* vor.

„Kann ich mich einen Moment zu euch setzen, bis meine Familie kommt? Aber natürlich nur, wenn ich euch nicht störe!"

„Nein, nein, kein Problem!"

Ich bin ehrlich gesagt froh über ein bisschen Ablenkung vom Thema Margret und auch Sue scheint ihre Wut schon vergessen zu haben.

Zugegeben, so redselig war ich schon lange nicht mehr. Es ist eine lockere unkomplizierte Unterhaltung, wie unter Freunden, die sich schon seit Jahren kennen. Daher erzähle ich von Wyk, wie ich sie einst verloren hatte und nun nach siebzehn Jahren wieder mit ihr zusammen gekommen bin. Ich berichte von unserem Umzug und natürlich von den Zwillingen.

Bei dem Wort *Zwillingen* verhärtet sich augenblicklich Laureens Gesichtsausdruck und sie beginnt heftig zu schluchzen.

Habe ich etwas Falsches gesagt?

Eilig reiche ich Laureen eine Serviette und schaue Sue hilfesuchend an, doch auch diese scheint ratlos zu sein.

Laureen nimmt dankend die Serviette entgegen, tupft sich die Tränen ab und entschuldigt sich mehrfach.

„Manchmal kommt es einfach über mich, obwohl es nun schon drei Jahre her ist."

Ich verstehe nur Bahnhof, traue mich aber nicht nachzufragen, aus Angst, Laureen würde erneut zu weinen beginnen. Doch zu meinem großen Erstaunen setzt sie ihre Erklärung fort:

„Ich hatte eine Zwillingsschwester. Sie hieß Felicitas. Feli hatte es nie leicht, doch sie hat immer gekämpft. Und dann konnte sie nicht mehr kämpfen – ein Gehirntumor ohne Heilungschancen."

Laureen macht eine Pause und scheint ihre eigenen Gedanken sortieren zu wollen. Ich bin fassungslos über Laureens Geschichte und es betrübt mich, diese hübsche Frau so traurig zu sehen.

„Sie hat sich selbst das Leben genommen und vorher alles geregelt. Es war eine harte Zeit und ist es noch, obwohl es nun drei Jahre her ist. Sie fehlt mir jeden Tag…"

Laureens Stimme ist nur noch ein Flüstern.

Sue und ich nicken stumm. Was sollen wir dazu auch sagen? *Es tut mir leid?* Nein, keine Worte können Laureens Schmerz lindern. Vielleicht kann irgendwann die Zeit ihn etwas mildern, doch sicher lässt jeder Blick in den Spiegel die Wunde erneut etwas aufreißen.

Gelächter von Kindern schallt durch das Café und augenblicklich erhellt sich Laureens Miene wieder, als sie von einem Jungen und einem Mädchen umarmt wird.

173

„Hey, ihr zwei! Na, wars schön im Kino? Wo ist euer Vater?"

„Der hat draußen jemanden getroffen und kommt gleich."

„Wer ist das, Mami?"

Die Kleine beäugt Sue und mich misstrauisch.

„Schatz, das sind Sue und Leonard", Laureen blickt nun zu uns. „Und das sind meine Kinder Felix und Felicitas. Felix ist elf und Felicitas drei Jahre alt."

„Ich habe den Namen wie meine Tante!", verkündet die Kleine stolz.

Noch bevor ich etwas antworten kann, gesellt sich ein Mann zu uns: großgewachsen, blondes Haar, Ziegenbärtchen. Er küsst Laureen liebevoll auf den Mund.

„Und das ist mein Ehemann Marc. Marc, das sind Sue und…"

„Leonard!", unterbricht Marc seine Frau.

Woher kennt dieser Typ meinen Namen?

„Du erkennst mich nicht, oder?"

Langsam schüttle ich meinen Kopf. Nein, dieses Gesicht sagt mir gar nichts. Vielleicht eine Onlinebekanntschaft?

„Gymnasium München, fünfte bis neunte Klasse?"

„Nein, ist nicht wahr! Marc, bist du es wirklich?"

Der restliche Abend ist überflutet von alten Erinnerungen.

„Stell dir vor, Wyk und ich sind zusammengezogen."

Marc pfeift anerkennend.

174

„Unsere Kinder heißen Jordan und Myra."

Die Tatsache, dass es sich bei den beiden um Zwillinge handelt, verschweige ich in diesem Moment.

Laureen lächelt mir dankbar zu.

Kapitel 39

*Ü*berschwänglich berichte ich Wyk von meinem Treffen mit Sue und dem ungeahnten Zusammenstoß mit Marc und seiner Familie.

Mann, es war so toll gewesen, meinen Freund aus alten Zeiten wieder zu treffen und wenn ich`s mal ganz streng nehme, war er derjenige, der mich zu meinem ersten Kuss mit Wyk gedrängt hatte.

„Ich hoffe wirklich, dass ich es schaffe, diesmal den Kontakt zu Marc zu halten!"

„Apropos Kontakt: Kevin hat sich gemeldet. Er denkt er wird im nächsten Frühjahr eine Art Schultreffen für Ehemalige im Jinxx organisieren."

„Erst im nächsten Frühjahr?"

Meiner Stimme ist die Enttäuschung deutlich anzuhören.

„Ja, das dachte ich mir auch. Wie wäre es denn, wenn wir Kevin und seine Familie sowie Anthony mit seiner Familie zu uns einladen? Wir kochen was Leckeres, quatschen über alte Zeiten und feiern so unsere Einweihungsfeier. Dein Vater und Frederike können dann natürlich auch gerne kommen."

Zärtlich berühre ich Wyks Wange und mir wird noch mehr bewusst, wie sehr ich sie liebe.

„Ist das dein Ernst?"

„Warum denn nicht?"

„Schatz, du bist einfach die Beste!"

Ich bin so schrecklich aufgeregt! Kevin habe ich ja schon getroffen, aber Anthony habe ich seit vielen Jahren nicht mehr gesehen und Kevins Michelle noch länger.

Unruhig rutsche ich auf meinem Sitz hin und her. Ich hasse warten.

Wyk steht schon seit dem Vormittag zusammen mit Frederike in der Küche und bereitet das Essen für diesen Abend vor. Bestimmt ist auch Wyk aufgeregt. Doch sicher nicht nur wegen der ganzen Storys. Ich ahne eher, sie fürchtet sich davor, dass jemand ihr zu viele Fragen stellt.

„Gibt es das? Nicht mal eine winzige Kostprobe rücken die Frauen raus."

Grummelnd holt mich mein Vater aus meinen Gedanken.

„Dad, kann ich dich um einen Gefallen bitten?"

Argwöhnisch mustert mich mein Vater, nickt dann aber doch.

„Wenn zur Sprache kommt, warum sich Wyk damals von mir getrennt hat, würde ich gern die gesamte Schuld auf mich nehmen. Du sollst nicht lügen und ich werde es auch nicht! Mein Plan ist, wenn das Thema aufkommt, werde ich sofort von meiner Amerika-Reise erzählen und dass ich einen großen Fehler gemacht habe. Ist ja alles nicht gelogen, aber ich hoffe, dass dann niemand weiter nachfragt."

Mein Vater nickt zustimmend. Ich bin froh, dass er mich versteht, obwohl es ihm sicher nicht leicht fällt, da er den wahren Grund für Wyks Trennung damals noch immer nicht kennt und ich bin mir auch nicht sicher, ob Wyk ihm je alles erzählen wird.

Pünktlich um achtzehn Uhr klingeln unsere Besucher an der Tür.

Ich muss sagen, Kevins Michelle sieht wirklich toll aus. Nichts erinnert mehr an das blonde schüchterne Mädchen mit der Zahnspange von früher.

Ihre vier Kinder geben mir nacheinander höflich die Hand. Maurice ist neunzehn Jahre alt, Veronique vierzehn, Kimberly acht und Joel vier. Kevin und Michelle sind also schon über zwanzig Jahre zusammen, stelle ich anerkennend fest.

Die nächsten Kinder, die mich begrüßen, heißen Max, Tim und Lillie – elf, neun und drei Jahre alt. Die Ähnlichkeit zwischen Lillie und Anthony ist wirklich verblüffend.

Anthony stellt mir seine Freundin, als *Joan* vor. Joan ist eine wahre exotische Schönheit, mit ihren schwarzen Locken und dem olivfarbenen Teint.

„Geht doch bitte schon mal ins Wohnzimmer. Ich bin sofort bei euch."

Lächelnd schaue ich den zwei Familien nach, die gerade mein Wohnzimmer betreten. Als ich mich umdrehe, steht plötzlich Myra vor mir. Ich merke sofort, dass etwas nicht stimmt, denn sie ist ganz blass um die Nase, als ob sie einen Geist gesehen hätte.

„Mein Gott, Myra! Was ist passiert? Ist alles okay?"

Besorgt blicke ich meine Tochter an.

„Er… er ist hier…"

178

„Wer ist hier?"

Entsetzt sieht mich Myra an.

„Oh Dad, du verstehst es einfach nicht…"

Schnell halte ich Myra an ihrem Handgelenk fest, damit sie nicht weglaufen kann.

„Bitte, Myra!"

In meiner Stimme liegt Verzweiflung und Hoffnung zugleich.

Wyk betritt den Flur und blickt Myra und mich besorgt an.

Myra nutzt die Chance und schüttelt meine Hand ab. Dann wirft sie sich in die Arme ihrer Mutter.

„Mama, er ist hier…", höre ich Myra schluchzen.

Die Worte von Wyk verstehe ich nicht, aber sie scheint zu wissen, was los ist. Nur ich tappe mal wieder im Dunklen. – Typisch!

Meine Stimmung nähert sich dem Nullpunkt. Und unweigerlich stelle ich mir die Frage: Liegt es daran, dass ich nicht weiß, was da grad los ist, weil A: es reine Frauensache ist oder B: uns einfach zu viel gemeinsame Zeit fehlt?

Kapitel 40

Der gesamte Abend ist fröhlich und ausgelassen. Über uns schwebt eine dicke Nostalgiewolke, mit all unseren Erinnerungen.

Ich bemerke die verstohlenen Blicke von Veronique und Kimberly zu Jordan. Ständig tuscheln und kichern die beiden. Instinktiv hoffe ich, dass weder Veronique noch Kimberly zu Jordans "Fanclub" gehören, denn mir fallen die Worte von Myra ein, dass diese Mädchen alle leicht zu haben sind. Aber dafür sind die beiden doch viel zu jung! Oder nicht? Kimberly auf jeden Fall, aber Veronique ist immerhin schon vierzehn… Ich stoppe meine eigenen Gedanken. Nein, darüber möchte ich nicht weiter nachdenken.

Auch Myras schüchterne Blicke bleiben mir nicht verborgen, wie sie verstohlen Maurice mustert. Plötzlich fällt es mir wie Schuppen von den Augen: Maurice ist Myras heimliche Liebe! Ja, so muss es sein.

Es deprimiert mich zu erkennen, dass Maurice seinerseits Myra nicht eines Blickes würdigt. Ob er eine Freundin hat? Oder vielleicht steht er ja auf Jungs. Ist alles schon vorgekommen. Mit Jordan scheint er sich jedenfalls bestens zu verstehen.

„Alles okay, Leonard? Du bist plötzlich so still."

Besorgt blickt mich Wyk an.

Ich hauche ihr einen flüchtigen Kuss auf ihre Lippen und nicke dann.

Nach dem Essen ziehen sich die Kleinen in eine Ecke des Wohnzimmers zurück, wo überall Spielzeug verteilt liegt. Mit einem Schlag ist es richtig ruhig am Esstisch ohne die vier Kinder.

Veronique und Kimberly kichern nun nicht, sondern unterhalten sich scheinbar über die Schule.

„Ich weiß einfach nie, wann man ab- oder aufrunden soll", höre ich Kimberly quengeln.

Auch Jordan ist das Gespräch der beiden Mädchen nicht entgangen. Grinsend beugt er sich zu ihnen rüber, was sicherlich die Herzen der beiden höherschlagen lässt.

„Das ist doch ganz einfach! Es ist wie alles im Leben: Man macht es immer zu seinem eigenen Vorteil."

„Ach Quatsch, hört bloß nicht auf ihn!", mischt sich nun auch Myra in das Gespräch ein. „Es wird grundsätzlich alles aufgerundet, außer mein Gewicht!"

Die Mädchen blicken Myra entsetzt an und suchen nach der Wahrheit in ihren Worten.

„Ich glaub ja nicht, dass du das nötig hast!"

Es ist das erste Mal, dass Maurice Myra seine Beachtung schenkt. Wie auf Kommando steht Jordan auf und zwinkert seiner Schwester zu, sodass diese errötet zu Boden schaut.

„Dad, ich muss jetzt los. Die ganze Mannschaft trifft sich gleich, weil unser Trainer heute Geburtstag hat."

Veronique schaut traurig, scheinbar himmelt sie wirklich meinen Sohn an.

Dann wendet sich Jordan an Maurice: „Lass dir doch mal von Myra das Haus zeigen!"

Unmerklich folgt ein weiteres Zwinkern in Myras Richtung, die vor Verblüffung die Augen weit aufreißt.

„Klar, wieso nicht."

Maurice lächelt Myra an. Augenblicklich strahlt meine Tochter übers ganze Gesicht.

Unruhig rutsche ich auf meinem Sitz hin und her. Den Gesprächen um mich herum kann ich schon lang nicht mehr folgen. Was machen die zwei nur die ganze Zeit allein da oben? Ich ringe mit mir selbst, ob ich mal nachschauen soll oder lieber nicht. Aber will ich das denn wirklich wissen?

Ich fahre zur Küche, wo sich Wyk, Frederike, Michelle und Joan aufhalten. Zaghaft klopfe ich an der Tür und winke Wyk zu mir heraus. Diese mustert mich argwöhnisch.

„Findest du nicht, dass Myra und dieser Maurice schon viel zu lange da oben alleine sind?"

„Ach, ist das so?"

Wyks Blick ist spöttisch.

„Ja! So viel gibt es da oben ja gar nicht zu sehen."

Ich weiß, dass ich wie ein trotziges Kind klinge und meine Stimme viel zu schrill ist.

„Ach Leonard, vertraue deiner Tochter. Sie tut nichts, was wir in diesem Alter nicht auch getan hätten."

„WAS?"

182

Ich spüre förmlich, wie die Farbe aus meinem Gesicht entweicht und ich habe das Gefühl gleich aus meinem Rollstuhl zu kippen.

Wyk nimmt liebevoll mein Gesicht in ihre Hände und küsst mich sanft.

„Keine Sorge! Das war ein Scherz! Ich wette die zwei sitzen oben, reden und hören Musik. Das ist Myras große Chance, verstehst du?"

Ich nicke und weiß, dass Wyk Recht hat. Trotzdem geht das beklemmende Gefühl in meiner Brust nicht weg. Mein Urinstinkt ist geweckt, meine *kleine* Tochter behüten zu wollen.

Kapitel 41

„Gleich ist Myra dran! Dad, halte die Kamera bereit!"

Als die Musik erklingt, verstummen die Stimmen um uns herum und wie auf Kommando reitet Myra auf ihrem Pferd Billy stolz in der Arena ein. Sie verbeugt sich vor der Jury und trabt dann eleganten Schrittes zu dem ersten Teil des Parcours, den sie ohne Probleme meistert.

Bei jedem Sprung halte ich meinen Atem an, doch Myra ist Profi und überwindet jede Hürde problemlos.

Nach ihrer Prüfung kommt Myra mit leuchtenden Augen auf mich zu.

„Du warst großartig, Schatz! Herzlichen Glückwunsch zu deinem Sieg!", begrüße ich meine Tochter, die sich zu mir beugt und einen Kuss auf die Wange einfordert. Als sie sich wieder aufrichtet, beginnen ihre Augen zu leuchten. Automatisch drehe ich mich um und entdecke zwischen den ganzen Zuschauern Maurice, der meiner Tochter lächelnd zuwinkt und ihr dann einen Handkuss zuhaucht.

Ich kann förmlich die Herzchen in Myras Augen erkennen und so viele verschiedene Gefühle durchströmen meinen Körper: Liebe, Angst, Vertrauen, Erinnerungen, Zweifel. Manche Gefühle weiß ich nicht mal zu benennen.

Kapitel 42

Liebevoll ziehe ich Wyk in meine Arme. Dies ist unser erster Abend seit langem zu zweit. Myra ist mit Maurice aus und auch Jordan trifft sich seit einigen Wochen mit einem Mädchen namens Kati.

Das Haus ist ruhig. Die Stille ist fast beunruhigend.

„An was denkst du gerade?"

Wie macht Wyk das nur?

„Wie still es hier ist."

„Ja, das stimmt. Es ist fast unheimlich. Hast du mal was von Erin gehört? Wie geht es ihr?"

„Es geht ihr gut. Sie bekommt ein Mädchen."

„Oh das ist schön! Oder findest du nicht?"

„Doch."

„Aber?"

„Nichts aber!"

„Leonard!"

Wyks Stimme klingt irgendwie bedrohlich.

„Ich habe gehört, wie du zu Joan gesagt hast, dass du immer von vielen Kindern geträumt hast. Und ich kann dir diesen Wunsch nicht erfüllen."

„Wirklich? Und das belastet dich?"

Ich nicke zaghaft und überlege meine wirren Gedanken auszusprechen.

„Ich werde nie ein Kind aufwachsen sehen, alles miterleben, was so dazu gehört."

„Und das ist meine Schuld."

Wyks Worte klingen sachlich und doch erkenne ich in ihren Augen, wie sehr sie meine Worte verletzt haben müssen. Augenblicklich schäm ich mich.

„Nein, Wyk, so war das nicht gemeint! Wirklich! Myra und Jordan sind so toll, dass hätten wir zu zweit nicht besser machen können. Aber hätte ich den Unfall nicht gehabt, dann wäre ich heute nicht z...“

Ein dicker Kloß bildet sich in meinem Hals und ich breche mitten im Satz ab. Ich kann dieses Wort einfach nicht aussprechen. Erst lasse ich Wyk in der schlimmsten Zeit ihres Lebens allein und nun kann ich ihr nicht mal den Wunsch erfüllen, noch ein Baby zu bekommen. Was bin ich nur für ein Mann? Ich verachte mich selbst so sehr in diesem Moment, dass mir augenblicklich übel wird.

Liebevoll nimmt Wyk mein Gesicht in ihre Hände, sodass ich ihr in die Augen sehen muss.

„Hör bitte auf damit, Leonard. Du bist der, den ich will und der einzige, den ich brauche.“

Wieder scheint Wyk meine Gedanken gelesen zu haben.

Ich küsse Wyk und stecke in diesen Kuss all meine Liebe und Leidenschaft. Als sich unsere Lippen wieder trennen, lächelt Wyk mich verliebt an.

„Wir bekommen vielleicht kein eigenes Baby mehr, aber wir sind nicht so weit davon entfernt, noch viele aufwachsen zu sehen.“

Verblüfft schaue ich Wyk an.

„Wir sind in dem Alter, wo das Großeltern werden gar nicht mehr so weit entfernt ist. Andere fangen in unserem Alter erst an und wir warten schon auf die nächste Generation. Und bis dahin…"

Wyk beginnt zärtlich an meinem Ohr zu knabbert, dass mir fast alle Sinne schwinden. „…sollten wir es endlich ausnutzen, dass wir beide allein sind."

ENDE

Danksagung

*„Die Liebe ist unser wahres Schicksal.
Wir finden den Sinn des Lebens nicht
allein. Wir finden ihn miteinander."*
(Thomas Merton)

Es ist ein unbeschreibliches Gefühl, wie es mir gerade geht... Ich sitze hier, die letzten Worte sind getippt und mich durchströmen Ruhe und Zufriedenheit, aber auch Dankbarkeit, denn es gibt einfach so viele fantastische Menschen in meinem Leben, die es enorm bereichern und verschönern!

Ich bin dankbar, einen so vielseitigen Mann zu haben, der in meinen Augen einfach alles kann. Ob Häuser bauen, Sachen reparieren oder einfach nur im Papier-Chaos den Überblick behalten. Natürlich hat er seine Ecken und Kanten, aber er muss ja auch mit mir leben, mit meinen ganzen Mankos. Michi, du bist mein Geliebter, mein bester Freund, der Vater meiner Kinder, mein Vertrauter und erster Ansprechpartner für (naja fast) alles. Ich liebe dich und werde nie aufhören das zu tun!

Ich danke meinen Kindern Cynthia, Justin und Quentin, dass es sie in meinem Leben gibt. Ihr seid tolle Kinder und ich liebe euch mehr als mein Leben. Bitte vergesst das nie! Ich bin sehr stolz auf euch!

Auch dieses großartige Cover habe ich meinem Neffen Neves zu verdanken. Vielen Dank dafür! Ich bin begeistert, wie toll du meine Vorstellungen in die Tat umgesetzt hast. Ich hab dich lieb!

Ich danke meiner geduldigen Lektorin Patricia, die ihre wenige Zeit für mich beziehungsweise diesen Roman geopfert hat, um mit mir gemeinsam die Fehler zu eliminieren, und die mir stets mit Rat und Tat zur Seite steht. Du bist wirklich die beste Freundin, die ich mir wünschen kann, auch wenn uns beiden oftmals die Zeit für regelmäßigen Kontakt fehlt. Gerade deshalb bin ich über jedes Treffen, auch wenn es nur kurz ist, über alle Maßen glücklich.

Mit im Boot bei der Fehlerteufel-Bekämpfung waren meine Tochter Cynthia, meine Schwägerin Nicole, Anja und mein Neffe Lino. Auch euch danke ich für euren Beistand!

In meinen Gedanken sind immer meine Mama und natürlich meine Geschwister Manuela, Wolfgang, Stefan, Ramona und ihre Familien. Schade, dass wir uns nicht häufiger sehen können, aber wenn dann doch, genieße ich meine oder eure Besuche immer sehr.

Einen ganz besonderen Platz in meinem Herzen haben meine Nichte Franzi und ihre Tochter Elina. Ich hab euch beide mega lieb!

Lino, wie soll ich je in Worte fassen, wie stolz ich auf dich bin! Du bist ein toller Neffe und ich genieße unsere Gespräche, die tiefgründig bis banal sein können. Ich hab dich lieb!

Nicht vergessen möchte ich an dieser Stelle meine Schwiegermutter Elke, auf die ich immer zählen kann, wenn Not am Mann ist. Auch bin ich froh, dass es Erik, Nicole und ihre Kinder Niklas, Mika und Malte in meinem Leben gibt.

Was wäre das Leben ohne Freundinnen? Trostlos und leer. So wäre auch meins ohne Olivia, Daniela und Christa. Die Zeit mit euch ist einfach gigantisch! Ich bin so dankbar, dass es euch in meinem Leben gibt!

Manchmal wird aus einem Job einfach mehr. Bei meinem wurde viel mehr draus. Denn das, was als Tagesmutter, Eltern und Tageskindern begann, ist nun eine wunderbare Freundschaft geworden. Ich danke der gesamten Familie Krummel (inkl. Oma) für all die schönen Stunden!

Freunde kommen – Freunde gehen… Und ich bin glücklich, Dorine und ihre Kinder kennengelernt zu haben! Dorine, ich mag deine Art, auch wenn du manchmal etwas überdreht bist oder gerade deswegen.

Frank, wir kennen uns jetzt seit vierunddreißig Jahren. Es gibt so viele schöne Erinnerungen, die wir teilen. HDL!

Und dann sind da noch meine Freunde aus der Ferne: Mike, der viel zu weit weg ist, aber in meinen Gedanken immer bei mir – Susi und ihr Mann Heiko, denen ich alles erdenklich Liebe wünsche und dass bald alles gut wird – Robert, der einzigartig in seiner Art ist – Nadin, die Mama von Patrick,

Pascal und meiner Patenzwillinge Ronny und Jan – Jone, der zum Glück wieder Bestandteil meines Lebens ist – mein Patenkind Sheila und ihre süße Tochter Zayde – Sascha, der mir schon so oft beigestanden hat…

Und ich danke meinen Lesern, denn nur durch euch macht das, was ich hier tue, einen Sinn!

Vielen Dank!

Schatten Leben

Roman

Worin besteht der Sinn des Lebens? Und wie zum Henker soll man es schaffen, sein Leben wieder in geordnete Bahnen zu bekommen, wenn doch so ziemlich alles in Trümmern liegt? Diese Fragen stellt sich der 37 jährige Anthony Tag für Tag, denn seit dem Tod seiner geliebten Frau, ist nichts mehr so, wie es einst war. Gerade als er sein Leben wieder einigermaßen im Griff hat, poltert Joan, eine Freundin aus vergangener Zeit, mit ihren zwei Söhnen in sein Leben und stellt alles Kopf.

Begleiten Sie Anthony durch eine Reise Gefühlswelt, auf der Suche nach der eigenen, inneren Ruhe und das Wiederfinden von Glück und Lebensmut.

ISBN: 978-3844807585

Lesen Sie mehr unter:

www.PetraFischer.jimdo.com

Petra Fischer bei BoD

Mein Weg zur ewigen Ruhe
Roman

Von Kindheitstagen an kämpft Felicitas um Liebe und Anerkennung. Jeder Schicksalsschlag scheint sie stärker zu machen, bis zu dem Tag, als sie merkt, dass sie den Kampf nicht gewinnen kann.

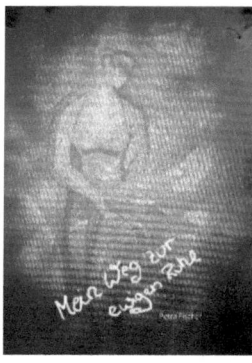

ISBN: 978-3848253043

Lesen Sie mehr unter:

www.PetraFischer.jimdo.com

Petra Fischer bei BoD

Glück fürs Glücklichsein
Roman

Ausgerechnet am Tag seiner Hochzeit begegnet Raik seiner Jugendliebe Fabienne wieder. Schnell wird klar, dass sie beide noch immer Gefühle füreinander hegen. Doch was ist es, was die zwei so stark verbindet und warum herrschte fast 20 Jahre Stille zwischen ihnen?

ISBN: 978-3738605167

Lesen Sie mehr unter:

www.PetraFischer.jimdo.com